D0695874

Chroniques du lézard

Maya Ombasic

Chroniques du lézard

ÉDITIONS
Marchand
DE FEUILLES

Marchand de feuilles
C.P. 4, Succursale Place D'Armes
Montréal, Québec
H2Y 3E9
Canada
www.marchanddefeuilles.com

Mise en pages : Roger Des Roches
Illustration de la couverture :
   Rouge, Martina Reyes
Direction artistique : Ludovic Morali
Infographie : Marchand de feuilles
Révision : Annie Pronovost, Luce Langlois

Distribution au Canada : Marchand de feuilles
Distribution en Europe : Librairie du Québec/DNM

Les Éditions Marchand de feuilles remercient le Conseil des Arts du
Canada ainsi que la Sodec pour leur soutien financier.

 Conseil des Arts **Canada Council**
du Canada **for the Arts**

 Société
de développement
des entreprises
culturelles
Québec ✚✚
       ✚✚

Catalogage avant publication de Bibliothèque et Archives Canada

Ombasic, Maya

   Chroniques du lézard

   ISBN 978-2-922944-37-2

   I. Titre.

PS8629.M32C57 2007   C843'.6   C2007-941239-4
PS9629.M32C57 2007

Dépôt légal : 2007
Bibliothèque et Archives nationales du Québec
Bibliothèque et Archives Canada

*Sur la mer des Antilles, battue par de fortes
vagues, et ciselée de tendre écume, sous le soleil
qui la poursuit et le vent qui la repousse,
chantant des larmes plein les yeux,
Cuba navigue sur sa carte: un long lézard vert,
aux yeux d'eau et de pierre...*

NICOLÁS GUILLÉN

Para Jaime Torrente Carpio
Por haberme mostrado el camino del mar

Habana Blues

❖

La Havane dormait, vêtue de sa robe coloniale. Il n'y avait personne dans les rues sauf quelques chats et chiens qui scrutaient les ombres agitées. Les lampadaires éclairaient les quartiers endormis, les branches des palmiers et des palétuviers balayaient les trottoirs. On devinait au loin une usine de café où l'on torréfiait des grains en ce jour naissant, dont on percevait déjà les étincelles écarlates dans le ciel. Quelques rares passants au regard lointain disparaissaient dans les jardins dissimulés. Yordanka avait la nette impression d'être projetée à une autre époque.

Le quartier de Santa Catalina était enveloppé dans un silence sépulcral. Pourtant, la ruelle où habitait sa famille parut animée à Yordanka. À sa grande surprise, presque tous les voisins étaient venus lui souhaiter la bienvenue. Les premiers à se pointer furent Emilio et Chucho, les jumeaux inséparables que seule distinguait leur orientation sexuelle : l'un aimait les hommes, l'autre les femmes. Teresa, la chanteuse d'opéra, était également présente et, derrière la fumée qui sortait de sa bouche, elle fredonnait un air incompréhensible. Soledad la pieuse, pour venir la saluer, avait dû laisser sans surveillance ses sacro-saintes statuettes des dieux afro-cubains qu'elle nourrissait de rhum et d'eaux florales. Étaient aussi venus Lianette, Marcelo, Gloria, Miguel, Bebita, Deyanis, Gisela et les autres voisins proches ou lointains, certains par respect, d'autres par curiosité. Tous ces gens, qu'elle avait à peine côtoyés lors de sa dernière visite, avaient tous quitté le sommeil pour souligner son retour. Ces gens-là se souvenaient d'elle comme d'une enfant joyeuse et dynamique. L'était-elle encore? Elle ressentit cette peur du changement qui lui était familière, la crainte de ne plus être aux yeux des autres ce qu'elle aurait souhaité demeurer. Un ancien ami de la famille, dont elle avait honte d'avoir oublié le nom, se tenait devant elle avec un seau rempli d'œufs. «Des œufs? Mais pourquoi des œufs? Que vais-je faire avec des œufs?» Verania, sa mère, une femme au début de la soixantaine, débonnaire mais toujours inquiète, avait raconté au voisin en question que Yordanka avait perdu quelques kilos. Il lui offrait donc une trentaine d'œufs cubains pour l'encourager à les regagner au plus vite. «Pour bien danser et se balancer suavement, il faut avoir des formes. Il faut être bien en chair, comme toutes les jolies Cubaines. Il faut donc manger des œufs! *Comer para bailar!* C'est aussi simple que ça! *A lo cubano!*»

Quoi dire? Malgré l'heure matinale, tout les gens qui s'entassaient au premier étage de la modeste demeure éclatèrent de rire.

Au joli mois de mai, elle s'était enfin décidée à rendre visite à sa famille à La Havane. Yordanka était Cubaine de naissance, mais avait été élevée à Montréal. Quatre années avaient passé depuis sa dernière visite à La Havane. À l'aéroport José-Marti, elle avait quitté sa famille en larmes, impuissante à endiguer cette tristesse que leur causait son départ, ni la sienne propre, d'ailleurs. Ces quatre années avaient vite filé, mais elle n'aurait jamais pu deviner que tant de changements étaient survenus depuis son dernier séjour. Encore à ce jour, elle n'aurait su dire ce qui avait réellement changé: le pays ou sa façon de le voir. Pourtant, avant même qu'elle touchât le sol cubain, cette chaleur tropicale, toujours égale à elle-même, se répandait déjà dans l'air. Qui n'a pas connu les tropiques ne peut pas comprendre ce qu'elle ressentait en cet instant. Un sentiment de vertige l'envahit lorsqu'elle quitta le monde de l'air conditionné pour entrer dans cette douce moiteur enveloppante des rues de La Havane.

Un petit déjeuner typique marqua sa première journée: pain aux œufs, mayonnaise, jus de mangue et de goyave et café cubain. Pendant que Yordanka feuilletait le *Granma*, Verania prépara son dessert préféré, *Dulce de Fruta Bomba*: des morceaux de

papaye bouillis dans un sirop de canne à sucre. Mais il faisait trop chaud pour absorber tant de sucre. Elle aurait souhaité dire à Verania que ce n'était pas nécessaire de la traiter ainsi aux petits oignons, même si elle savait que c'était sa façon de lui manifester sa gratitude. Après tout, les Cubaines sont toujours au service de quelqu'un. Depuis que le fils de Verania n'était plus de ce monde, la pauvre femme comptait les jours sur le calendrier et attendait les visites de sa belle-famille, qui venait de Camagüey en vitesse tous les premiers du mois. Elle savait que c'était en partie à cause de la pension, mais elle ne disait rien. C'était la seule occasion de voir son petit-fils, qui ressemblait tant à son père avec son corps de ballerine. Yordanka savait qu'il était inutile de vouloir changer sa mère. À quoi bon? Après tout, il y avait entre les deux femmes un océan de différences que l'une comme l'autre évitait avec soin d'aborder.

Yordanka devait se rendre en ville et elle aimait marcher seule. Mais Verania s'empressa de le lui interdire en criant: «*Hay gente mala, mi hija, muy mala!*» Quelques minutes plus tard — il avait suffi d'un coup de fil — une vieille moto se pointa devant la porte. C'était Michelito, le grand ami de son défunt demi-frère. Cet ami, elle le détestait, parce qu'en l'absence de son frère, Michelito se croyait son gardien et la suivait partout. Ce jour-là, cependant, tous deux furent contents de se revoir et, confortablement installés sur la pétaradante machine en métal rouillé, ils gagnèrent le centre-ville en essayant d'éviter les nids-de-poule. Chaque fois qu'ils cahotaient dans un des nombreux trous de la chaussée, ils riaient comme des enfants. Et pendant que défilaient devant leurs yeux les quartiers toujours un peu plus délabrés, Michelito, qui avait entre-temps grossi, lui raconta ces dernières années. Sa vie avait changé grâce à sa mère, qui lui envoyait régulièrement de l'argent depuis l'Espagne, où elle avait épousé un Espagnol qui s'était brouillé avec les autorités pour une mystérieuse affaire de prostitution. Yordanka avait envie d'en savoir plus sur l'affaire en question, mais Michelito jugea bon de parler tout de suite des «vraies affaires».

— Yordanka *mi amor*, lui dit-il, tu dois bien avoir quelques jolies copines québécoises. Trouve-m'en une, s'il te plaît, car l'amour et le passeport font bon ménage.

Pourquoi ce *mi amor*? Était-ce vraiment nécessaire? Les Cubains se donnent entre eux mille petits noms adorables: *mi amor, mi vida, mi cielo, mi flor, mi mango, mi melón, mi dolor, mi pasión, mi guajira, mi nena*, mais ce *mi amor* était-il vraiment nécessaire? Avait-il quelque arrière-pensée? Comment savoir? Pendant que Michelito lui racontait sa vie, elle comprit à quel point elle-même avait changé. Michelito se plaignait de sa grand-mère, avec qui il vivait, parce que cette dernière lui interdisait de fréquenter sa copine cubaine. En plus, cette petite amie n'était même pas si jolie que ça...

Il la déposa au cœur de Vedado, l'un des plus beaux quartiers de la ville, chez ses amis Clara et Luis. Avant de la quitter, il lui fit clairement sentir qu'elle l'insultait chaque fois qu'elle lui proposait de payer l'essence ou quoi que ce soit d'autre à sa place. Après tout, il était un homme, Cubain de surcroît, et même s'il ne possédait rien, il était resté digne de sa devise : tout s'arrange toujours *a lo cubano* !

Elle était ravie de revoir ses copains. Clara, fille d'un ancien diplomate ayant vécu dans plusieurs pays, surtout en Italie, adorait son île qu'elle ne voulait plus abandonner malgré les difficultés. « Ailleurs, ce n'est pas mieux. Je me sens étrangère partout, je ne reconnais pas la couleur des autres cieux, l'air n'a pas la même odeur, l'eau n'a pas le même goût. » Une mélancolie s'installait dans les yeux de Clara chaque fois qu'elle pensait devoir quitter le grand lézard vert. Luis, jeune écrivain rêveur qui n'avait jamais quitté le pays, ne partageait pas son point de vue. Histoire d'apaiser la discussion, Yordanka essaya de lui faire comprendre que l'idée d'un ailleurs plus lumineux n'était qu'une illusion et que derrière l'éternelle envie du changement se cachait une quête d'absolu. Quête inutile et vaine, selon elle. « Mais il ne s'agit pas de cette illusion-là, souligna-t-il. Je me consacre déjà à cette quête à travers l'art. » Puis de rajouter avec une dose d'humour : « Même si tout n'est que plastique et divertissement chez les voisins d'en face, je n'ai qu'un rêve : je veux, au moins une fois dans ma vie, manger un hamburger sous un palmier artificiel. » La nuit passa très vite, personne ne put fermer l'œil ; le débat est un sport national à Cuba.

Le lendemain, Yordanka avait un rendez-vous à la nécropole Cristóbal Colón. Verania n'aimait pas qu'elle fût en retard et elle l'attendait, inquiète. « Où étais-tu ? Nous devons nous rendre au cimetière ! Tu es arrivée depuis plusieurs jours et tu n'as pas encore daigné aller voir ton frère ! Dépêche-toi, il faut que j'aille rendre visite à mon fils. » Celui qu'elle lui avait préféré et pour lequel elle l'avait abandonnée. Mais ce n'était pas le moment de ressusciter les vieux démons. À quoi bon ? Yordanka laissa sa colère couver pendant qu'elle titubait à la recherche de l'ombre. Elles empruntèrent les ruelles que seuls les Cubains connaissaient et ce décor familier lui rappelait sa jeunesse. Les maisons ressemblaient par endroits à des chantiers de construction, tellement leur condition était déplorable, mais un certain charme se dégageait quand même de leurs patios. Ces façades roses et bleues, jaunies par le temps et délavées par les pluies, lui procuraient, enfant, une joie indicible. Aujourd'hui encore, ces murs affadis cachant jalousement de petites terrasses ornées d'hibiscus rouges et d'acajous la rendaient heureuse. De temps à autre, elle distinguait des inscriptions rouillées au-dessus des portes : 1830, 1878, 1901, 1920. De temps en temps, une vieille femme courbée, au visage ridé, ouvrait les volets, inspectait les passants et les refermait aussitôt, comme si elle détenait un secret. Les enfants jouaient au base-ball et à l'élastique. Plus loin, en haut d'une côte ravagée, deux jeunes hommes, penchés sur une vieille voiture américaine à laquelle il semblait manquer mille pièces, lui lancèrent en rigolant : « Quoi ? Qu'est-ce qui t'étonne tant ? Tu ne savais pas que les mécaniciens de Cuba sont de vrais magiciens ? » Elle savait que c'était sa présence qui faisait parler ces hommes. Malgré sa physionomie cubaine, on faisait dans le pays une nette distinction entre les Cubains locaux et ceux qui vivaient loin du pays, *afuera*.

Yordanka se réfugia dans les scènes de la rue pendant que Verania, accompagnée de Yolanda, la demi-sœur de Yordanka, se dirigeait vers le cimetière. Le soleil plombait sur une des plus belles nécropoles de l'île. Yordanka se rendit alors compte qu'à Cuba, il n'existait pas de moment inapproprié pour parler d'évasion. Pendant que Verania pleurait la disparition de son unique fils, Yolanda lui chuchota à l'oreille :

— Yordanka, *mi vida*, trouve-moi quelqu'un là-bas. Je sais que les Cubains et les Cubaines ne peuvent pas vivre heureux avec les étrangers. Je sais aussi que nos chairs sont trop habituées à se fréquenter.

C'est comme la drogue, personne ne peut remplacer un Cubain au lit. Ce qu'il faut, c'est un étranger qui subvient à nos besoins primaires. Ensuite, il nous aide à foutre le camp. Une fois loin d'ici, on nourrit secrètement l'amant intime et vrai qui reste à Cuba. Je rigole un peu en disant tout ça, mais c'est à peu près vrai. Sinon, je pourrirai dans ce pays comme ces cadavres qui sentent si mauvais. Tu ne trouves pas ? Si seulement ils pouvaient les embaumer avec des produits civilisés pour qu'ils sentent moins.

Chaque tombe témoignait du métissage des races. Pourtant, l'humanité semblait reculer au lieu d'avancer. Chacune des pierres de ce cimetière avait été taillée dans la sueur de l'esclavage. Son abolition avait finalement permis les mariages mixtes. Et voilà qu'on ne parlait plus que d'union banale permettant de quitter l'île sans risquer sa vie à bord d'un bateau clandestin. Le gardien du cimetière, un ami de la famille, lui assura que les morts aimeraient aussi conclure un mariage arrangé pour quitter le lézard vert et reposer en paix. Il ajouta que des pilleurs de tombes volent parfois les vêtements des défunts, qu'ils lavent et repassent pour en tirer quelques pesos.

Aveuglée par les larmes versées pour son fils unique, Verania ne voyait pas la douleur de Yordanka. Et les autres enfants ? Et elle, Yordanka, qu'elle culpabilisait en lui reprochant de ne pas venir la voir plus souvent ? Yordanka ravala sa colère. Elle ne maîtrisait pas assez la langue pour exprimer ce qu'elle ressentait. Pour elle, le lent écoulement des heures était la seule façon de neutraliser sa douleur. C'était le quotidien qui la sauverait, et à Cuba, le quotidien portait un nom : la *guagua*. Ces vieux autobus grouillants de fabrication russe font partie de l'ordinaire des Cubains. Quand on a mal et qu'on ne sait pas où aller, on prend la *guagua*, même si ce n'est que pour se frotter à la misère des autres.

Le quotidien, c'était aussi le Malecón. Pour échapper à l'ambiance familiale, Yordanka avait décidé de retrouver ses amis sur la fameuse jetée. L'odeur iodée de la mer, les vagues qui aspergeaient les passants, les Cubains assis sur le muret, les voitures en panne, les fiestas improvisées : jamais elle ne se lasserait de cet endroit. Le Malecón, c'était son enfance avec ses longues promenades, ses couchers de soleil, ses uniformes d'écoliers, ses jeux, ses hymnes aux héros et aux patriotes, ses glaces parfumées à la pistache et à la goyave, son école buissonnière et ses sourires timides. Ses amis lui racontèrent ce pays dont elle raffolait, un cigarillo à la bouche et, posée à leurs côtés, une bouteille de rhum siroté à petites gorgées. Il y avait ce Cubain de Miami, anticastriste résolu, qui un soir avait téléphoné à Fidel en imitant à s'y méprendre la voix de Hugo Chavez, faisant durer la plaisanterie jusqu'à ce que le *leader maximo* s'en rende compte et l'envoie promener. Il y avait ce prisonnier innocent, à qui les autorités permettaient de sortir chaque jour de sa cellule pour cueillir dans son jardin les mangues mûres, qu'il rapportait dans sa geôle sous forme de jus. Puis, il y avait ce professeur de physique qui habitait un abri nucléaire afin de protéger des insectes les pois chiches qui lui tenaient lieu de modèles d'atomes.

Maria Teresa raconta les histoires de la Pampa argentine, où habitait son fiancé, un collectionneur de livres rares qu'elle attendait impatiemment. Mais comment lui faire saisir que tout n'était pas rose au pays du tango ? Peu importe, Maria Teresa priait à genoux devant le petit sanctuaire Orisha construit dans sa jolie maison de Lawton. « Non, je n'appartiens pas à la Santeria, la religion afro-cubaine ramenée à Cuba par les esclaves. Mes ancêtres sont Espagnols, mais j'ai beaucoup plus d'affinités avec les dieux africains. Je trouve leur pouvoir plus efficace. C'est une question de goût et d'opinion, comme la politique, d'ailleurs. » La discussion rendait l'ambiance lourde, et à Cuba, quand on se met à énumérer tout ce qui ne va pas, il y a de quoi rester déprimé jusqu'à la fin des temps.

Ils se dirigèrent vers le théâtre Karl-Marx pour entendre le fameux concert *Lagrimas Negras*. Chucho Valdès, grand pianiste de l'île et fils d'un autre pilier du jazz latino, Bébo Valdès, qu'un océan politique séparait de son fils, accompagnait à merveille l'andalouse voix de Diego El Cigala. Le gitan espagnol, avec sa voix cuivrée, psalmodiait les traditionnels boléros cubains, comme si toute la douleur du flamenco était concentrée dans son chant, qui ressemblait à une plainte infinie. La salle était hystérique. Rentrée à la maison, encore secouée par tous ces rythmes, Yordanka eut envie de chanter pour la première fois de sa vie.

Le jour du départ venu — déjà, se dit-elle —, elle donna rendez-vous à ses amis au fameux Jazz Café. Pendant que la musique trichait entre jazz, boléro et blues latino, les larmes du départ coulaient doucement sur ses joues. «Si tout est vraiment relatif et que tous les ailleurs se ressemblent, pourquoi ne pas rester ici ?» demanda Luis. Elle ne sut pas quoi lui répondre. Pourquoi ne pas rester ? Pourquoi ne pas partir, aussi ? Trop d'obligations, d'engagements, trop d'excuses pour ne pas changer de peau. Yordanka avait peut-être peur d'elle-même et de perdre le peu de stabilité acquise là-bas. Déjà que c'était compliqué d'avoir de temps à autre un sommeil paisible. Pourtant, elle dormait bien depuis qu'elle était à Cuba. «Je n'en sais rien, Luis. Peut-être, un jour.»

Alors qu'on entendait la voix de Maria Teresa Vera, la diva de la chanson cubaine, elle aperçut Verania et Yolanda en train de compter leurs derniers pesos pour régler la note de la commande musicale. C'était leur façon de lui faire plaisir et elle ne devrait pas discuter. C'était la règle à Cuba. Elle avait envie de les prendre et de les secouer toutes les deux. Elle avait envie de leur dire que ce cadeau n'était pas nécessaire. Mais il ne fallait pas débattre ce sujet, leur honneur était en jeu. Et pas n'importe quel honneur, c'était l'honneur cubain.

Après avoir quitté le Jazz Café, Yordanka voulut rentrer tôt à la maison et éviter Malecón. Car Malecón, la veille du départ, de tous les départs de sa vie, c'était une guillotine qui tranchait le cou de ses souvenirs. Elle avait cessé de s'y rendre la veille du départ, car ce qu'elle emportait ensuite, c'était la brise salée de la mer et les larmes. Elle voulut plutôt prendre une dernière fois la *guagua*. À l'heure de pointe, les gens s'y entassaient. On aurait dit des chameaux dans le désert, avec leur bosse sur le dos. Sans lumière, sans siège ni air conditionné, la *guagua* était un zoo humain. Verania, comme d'habitude, était inquiète. Elle lui souffla à l'oreille, tout juste avant de monter à bord, qu'au milieu de la foule, il arrivait parfois que des étrangers se fassent trancher un doigt ou une oreille si quelque bijou de valeur attirait l'œil d'un prédateur.

Mais la *guagua* était presque vide ce soir-là, parce que les travailleurs se reposent la nuit. En face de Yordanka et de Verania se tenaient trois jeunes mulâtres qui dévoraient la jeune femme du regard. Verania devenait de plus en plus nerveuse. Elle demanda à sa fille de cacher ses mains de gitane ornées de bagues en argent. Pour la protéger, elle lui céda même la place à côté de la fenêtre.

Pendant que la brise effleurait son visage pour la dernière fois, Yordanka quittait une Havane imprégnée de blues. Derrière le Vieux-Port, la *guagua* s'arrêta une première fois et, pendant que le bus attendait, Yordanka laissa sa main pendre au-dehors. Soudain, elle se sentit frôlée par un objet étrange, puis elle perçut une douleur vive. Elle poussa un cri. Un des mulâtres tâtait sa main avec un couteau dentelé. Dans sa précipitation, il lui avait enfoncé l'extrémité de la lame dans la paume. Le chauffeur démarra brusquement et elle vit du sang éclabousser le visage noir du personnage. Verania se mit à crier et tous les autres passagers injuriaient le jeune homme en lui jetant des mangues, des patates, des pains, des œufs, des livres et tout ce qui se trouvait à portée de la main. Le chauffeur accéléra. Le blues était loin. La *guagua* et la mort aussi. «*Hay gente mala, mi hija, muy mala!* Je te l'avais dit, pourtant», sanglotait Verania.

Une fois à la maison, la fête du départ se poursuivit malgré le petit matin tout proche. Sur la moto délabrée de Michelito, ils partirent à la recherche de bières et de cigarettes. Pour les cigarettes, on n'en trouvait nulle part en ville, inutile de chercher, il n'y avait qu'un seul fournisseur. Michelito regardait la main de Yordanka qui saignait toujours.

— Tu l'as échappé belle. Mais tu retourneras dans ton pays d'adoption et tout sera oublié. Pour nous, c'est tous les jours la *guagua* de la mort. Pour les Cubains, assis sur un chameau famélique depuis que les Russes sont partis, la traversée du désert est de plus en plus pénible. Un jour, la *guagua* crèvera et nous avec elle. Ça ne peut plus continuer, c'est insensé, je ne sais même pas comment nous nous sommes rendus jusqu'ici.

Avant de regagner la maison, Michelito l'entraîna dans une ruelle sombre. Il voulait lui présenter sa petite amie, qu'il ne trouvait pas vraiment jolie et qu'il espérait toujours remplacer par une Québécoise aux yeux bleus, qu'elle lui expédierait sous peu dans un colis ficelé avec une étiquette «fragile» collée dessus. Quelques sifflements stratégiques sous la fenêtre, histoire de ne pas alerter le père-tyran, et voilà que l'une des plus belles créatures que Yordanka eût jamais vues descendit l'escalier. Cléopâtre des Caraïbes, mulâtre déesse à la soyeuse chevelure noire, aux formes fermes et ondulantes, au parfum de cannelle et de girofle. Mais elle avait mauvais caractère. La présence d'une autre femme la rendait jalouse et elle traita Michelito de tous les noms. Sur le chemin du retour, Michelito avoua qu'il était son parfait esclave et que s'il rêvait de vivre à l'étranger, c'était pour gagner beaucoup d'argent afin de parer sa Graciela des plus beaux diamants du monde, comme ceux que portait Marie-Antoinette.

• • •

Le Festival de jazz de Montréal battait son plein. Le soir du concert de Yerba Buena, elle fit la rencontre, par l'intermédiaire d'amis d'enfance qui jouaient dans le groupe, de quelques Cubains qui se montrèrent nostalgiques du pays et qui enviaient son récent voyage. Mais ils connaissaient bien la complexité de la situation, car l'un d'eux lança :

— Quoi de plus malheureux qu'un Cubain à Cuba mais aussi hors Cuba ? C'est la même chose. L'homme n'est jamais content, peu importe où il se trouve. Sans ou avec Castro, l'être humain n'est jamais heureux. Toi, es-tu contente ici ?

Ces gens-là avaient au moins la nostalgie de quelque chose. Ils savaient au moins qui ils étaient. Et elle ? La cicatrice dans sa paume, souvenir de cette macabre *guagua* tatouée à jamais dans sa mémoire sous le signe du blues et de la mort, la faisait songer à sa double identité. Elle pensait à sa mère, qui l'avait confiée en adoption à une danseuse cubaine partie faire carrière en Amérique du Nord. Verania évitait d'aborder le sujet, mais elle insistait pour que sa fille revienne la voir régulièrement. Jusqu'à quand ? Jusqu'à quand Yordanka retournerait-elle dans le pays de son enfance dans l'espoir d'entendre un jour les vraies raisons du geste de sa mère ?

Entre la débonnaire mer des Caraïbes de son enfance et le glacial souffle d'hiver sur le Saint-Laurent de sa vie adulte, vers où se tourner pour regarder l'avenir? C'était pour quand, le voyage au pays de chez soi? Où se trouvait-il? Yordanka ne le savait pas. Mais il y avait tant d'autres choses qu'elle ignorait.

Les yeux

❖

J e m'étais installée dans un vieil appartement en face du Malecón, au pied d'une usine de tabac abandonnée depuis des décennies. Il ne restait d'elle que quelques murs tenant à peine debout, percés par des fenêtres sûrement appréciées jadis pour leur vue majestueuse sur l'océan aux vagues parfois angoissées. De drôles de sensations m'habitaient, la nuit, lorsque le sommeil ne passait pas ma porte et que j'apercevais à travers les ruines de l'usine les lumières craintives de quelques pétroliers longeant la côte, semblables à des bougies allumées dans les ténèbres par quelque main en deuil. Au sommet de l'édifice autrefois connu pour la qualité des cigares qui y étaient produits, la vieille inscription trônait comme la couronne abandonnée d'une reine déchue : *1905 — Romeo y Julieta*.

J'aimais le quartier et la ville que j'habitais. Les immeubles en apparence pauvres et sales cachaient des intérieurs propres, habités par l'amour. J'ai pris du temps avant de changer mes habitudes de vie, trop individualistes pour l'endroit. Longtemps, j'ai hésité avant d'accepter les aimables invitations de ces voisins vivant toutes portes ouvertes, devant les regards curieux des touristes qui passaient. Longtemps, j'ai hésité avant de goûter au travail d'abeille de ces mères qui, soucieuses d'assurer la survie de leurs enfants, étalaient sur le rebord de leurs fenêtres le meilleur de leurs plats. Dans mes méditations et déambulations solitaires, alors que l'humidité envahissait peu à peu mes pores, l'énorme statue du Christ me réveillait. Sur la colline qui surplombait la ville, il semblait bénir les justes et pardonner aux pécheurs.

Peu à peu, j'ai adopté les habitudes du pays, qui consistaient, en premier lieu, à se rendre compte que seule la vie en communauté rend la misérable existence de l'homme sinon moins tragique, du moins plus supportable. Dès lors, je m'installai régulièrement à une terrasse de Vedado et, entourée de gens, je me laissais envahir par mes pensées qui s'efforçaient surtout de décider si je devais rester sur cette île ou partir. La jeunesse se plaisait à défiler dans de vieilles voitures américaines des années cinquante. De leur côté, les conducteurs de Lada énervés sortaient la tête par la fenêtre, soit pour saluer quelque connaissance perdue de vue, soit pour draguer les «poutrelles» malchanceuses que les touristes avaient éconduites.

Jamais les mêmes visages ne passaient devant le restaurant *Siete Mares*, à part un seul. Un homme long et mince au regard nostalgique ressortait du décor, tout comme ces maisons coloniales datant d'une autre époque. Il semblait chercher désespérément quelque chose, peut-être l'air d'un autre temps ou tout simplement un amour inconnu. Avec le front rehaussé de quelques rides, que le soleil rendait davantage visibles, le bel inconnu semblait avoir atteint la trentaine, ce qui m'a longtemps empêchée de l'approcher, car les Cubains se marient jeunes. Je tremblais devant la beauté de cet étranger à la peau couleur de café. J'observais la finesse de ses mains, essayant de deviner sa profession. Un pianiste? Un cigarier travaillant à la façon ancienne en roulant les feuilles du tabac sur ses cuisses? Rien de tout cela. J'apprendrais plus tard qu'il était un simple ingénieur mécanique amoureux de Gabriel García Márquez. Je ne me souviens d'ailleurs plus quand ni comment nous avons échangé nos premières paroles, mais j'ai su bien avant cet instant que, si j'avais enfin trouvé une identité, c'était pour mieux la fixer au fond de ses grands yeux noirs. Du jour au lendemain, ma vie et mes voyages prirent un sens. J'avais traversé la planète et dormi sous divers cieux, pour enfin me contenter d'un seul: celui sous lequel ces yeux avaient vu le jour pour la première fois.

Il se distinguait de tous les autres hommes que j'avais connus jusque-là. J'admirais son irrationalité qui le poussait à vivre comme le héros du grand écrivain colombien : dans l'attente d'un amour éternel. L'homme au regard nostalgique s'était promis de ne jamais se marier avant de rencontrer la femme au dos étoilé de grains de beauté. Ces petits habitants de la peau lui indiqueraient, comme une secrète carte du ciel, quelle étoile remercier une fois qu'il l'aurait rencontrée. L'ingénieur amoureux de García Márquez mélangeait vin et café, sucre et rosbif. Il adorait les morceaux de concombre sur le dessert qu'il dévorait tous les jours après le travail non loin du Malecón et il mangeait des plats entiers de *congri** au déjeuner.

Une fois par mois, nous partions en direction de Callo Guillermo, là où Hemingway avait écrit *Le vieil homme et la mer*. Pour seulement quelques pesos, nous louions une petite barque de pêcheur qui nous emmenait vers le large. Un jour, il me montra son secret le plus absolu. Au milieu de l'océan, quand la terre au loin s'unissait avec le ciel et que le murmure des vagues devenait le seul bruit audible, l'océan prenait une teinte inexplicable. C'était un bleu du temps perdu, du paradis ou tout simplement le bleu absolu. Il avait décidé d'appeler cet endroit « les yeux de l'océan ». D'étranges sensations m'envahirent lorsque je les vis là, étendus devant nous, pour la première fois. C'était un sentiment

---

* Plat populaire composé de riz blanc, de haricots noirs et de bananes frites.

de déjà-vu, comme si je les avais déjà survolés et que leur beauté m'avait fait venir de loin. C'était comme si, avant de naître et d'avoir une forme, je flottais dans l'absolu de ce bleu. De bonheur, je tournai les yeux vers le ciel : quelques avions passaient au loin, heureusement pas trop près, car j'avais peur que quelqu'un, de là-haut, s'amourache de notre petit paradis, de ce lieu unique connu seulement de nous deux. Nous sommes restés ainsi endormis et songeurs sur le dos de la mer jusqu'à ce que les yeux de l'océan se ferment. Le crépuscule étala alors son manteau pétillant de quelques étoiles timides qui nous servaient de guides, à nous et aux marins perdus. Puis je m'approchais de lui. Il sentait le soleil, l'odeur des vêtements séchés au vent, les fruits de mer, le cigare. Nous avions fait l'amour. Nous nous fondions l'un dans l'autre pour disparaître au fond des yeux de l'océan.

Peu de choses avaient changé autour de moi, mais rien n'était plus pareil à l'intérieur. Sa présence me rendait pourtant moins triste. Pour la première fois dans ma vie, j'avais l'impression que mes voyages n'étaient pas seulement des itinéraires sans but précis. J'avais enfin trouvé une certaine stabilité. Désormais, mon point de repère, c'était lui, mais c'étaient aussi les yeux de l'océan. J'étais un peu jalouse de lui et de son petit paradis dont lui seul possédait la clé. Maintes fois j'aurais voulu prendre une barque et m'évader seule. Mais il me fallait l'attendre, car lui seul savait comme s'y rendre. J'étais jalouse de son ciel, de sa terre et de sa mer. Le sentiment que rien ne pouvait nous séparer m'animait; si ma route avait été longue et épineuse, c'était peut-être parce qu'elle était la seule à me mener à lui.

Un jour, il me demanda de mettre ma plus belle robe. C'était une robe pourpre que ma mère m'avait offerte quelques années auparavant et que je traînais avec moi partout où j'allais. Elle était en coton et sans manches. Nous irions danser toute la nuit à la Casa de la Musica. C'était un endroit particulier qui réunissait des artistes de la scène locale et de jeunes musiciens qui offraient des concerts la plupart du temps frénétiques. Nous nous sentions chanceux de pouvoir assister à leurs premières. En effet, après une tournée cubaine, ces mêmes musiciens faisaient fureur ailleurs sur la planète. Il était si fier de son île aux mille rythmes que, pour lui faire honneur, il dansait comme un dieu. Ce soir-là, je l'ai attendu, comme d'habitude, sur la terrasse du *Siete Mares*. Pendant mon attente, une voix monta d'une maison voisine et récita des vers de Fayad Yamis:

> *Si vivi un gran amor fue entre tus calles,*
> *Si vivo un gran amor tiene tu cara,*
> *Ciudad de los amores de mi vida,*
> *Mi mujer para siempre sin distancia.*

J'ai attendu ainsi des heures, des jours, quelques siècles peut-être, mais lui, il n'est jamais venu.

Ignorant tout du motif de son absence, je m'imaginais trahie. Une amertume m'envahit. Je m'en voulais de l'avoir cru. Tout à coup, je ne voyais plus aucune porte de sortie. Comment avais-je pu croire que j'étais celle qu'il attendait depuis toujours ? Pourquoi m'étais-je jetée dans cet amour sans aucune réserve ? Mille et un scénarios défilaient dans ma tête. Assise sur le trottoir de la Rampa, je me disais que je ne lui en voulais pas. Je m'en voulais à moi d'avoir trahi ma liberté, celle qui m'assurait un amour sans douleur, qui ne me demandait jamais rien en retour et qui, en échange de la solitude, soignait gratuitement toutes mes blessures. Trois jours après, j'ai appris que si notre amour s'était subitement éteint, sans rien dire, sans un mot, sans un regard, ce n'était pas pour les motifs que je soupçonnais. Il n'était pas marié, et j'ai réellement été sa muse longtemps attendue, au dos rempli de grains de beauté. Trois jours après sa subite disparition, Silvana, sa sœur, est venue me voir. La mort dans l'âme, les yeux rouges et le regard sombre, la voix éteinte, elle était venue m'annoncer que Jaime avait eu un accident de moto. Elle me dit que ça s'était passé près de chez lui, entre Armas et Santa Catalina, sur le chemin qui le conduisait à moi, qui le conduisait à notre rendez-vous.

J'aimerais seulement savoir ce que je faisais sur cette île, en ce lointain printemps, par une nuit chaude du mois de mai, assise sur une terrasse de

Vedado, avec la profonde conviction que quelque chose d'extraordinaire allait arriver. Que j'allais recoudre un lambeau de l'enfance. Avait-il fallu faire le tour du monde pour enfin m'arrêter sur cette île en forme de lézard, à l'odeur de fleurs d'oranger, distillant dans l'air la nostalgie d'amours malheureuses ? D'où venait ce sentiment d'avoir déjà vu les yeux de l'océan ? Comment savait-il la disposition des grains de beauté dans mon dos ? Pourquoi était-il convaincu qu'il allait me rencontrer ? Pourquoi, dès l'instant où je l'ai vu, ai-je su que de drôles de chemins m'avaient menée vers lui, comme si le moindre atome de mon être avait tendu depuis toujours, depuis une autre vie peut-être, vers sa rencontre ? Pourquoi me suis-je installée en face de cette vieille usine portant le nom de deux amoureux malheureux ? Ne sommes-nous que les simples pions d'une partie d'échecs dont la victoire ou la défaite ne dépendent pas de nous ?

Je suis les yeux de l'océan.
Je suis la déferlante dont l'écume
contient ton âme et ton souffle.
Je suis le courant bleu qui traverse
toutes les naissances et toutes les morts.
Je suis les yeux de l'océan et
sans toi je suis aveugle.

Oui, je te l'ai promis : je vais lire ton livre préféré. Je le lirai dans ta langue. Le seul objet qui me reste de toi. Un livre bleu dans lequel se faufile, brodée, ta langue chantante. Pages jaunes et meurtries par le soleil des Caraïbes, mais aussi par l'odeur poussiéreuse du communisme. *El amor en los tiempos de coléra.* La seule chose qui te reste de moi : une plaquette en marbre sur laquelle fondent, faute d'arbre pour les protéger du soleil, les mots suivants : *Para siempre. Tu Fermina.*

LA MER, CET IMMONDE CIMETIÈRE

❖

Les vents ne soufflaient pas, en cet endroit. Ils criaient, et leurs chants agonisants pénétraient le moindre espace de cette maison qui, face à l'omniprésence de la mer, semblait vouloir cacher les secrets des êtres qu'elle abritait. D'un côté, les fenêtres donnaient sur la surface grise et agitée de la mer et, de l'autre, sur le vieux cimetière du village. Tout comme la maison, ce dernier était rarement visité. Au pied des cyprès solitaires, les sépulcres délavés par les pluies tropicales témoignaient de la fugacité des vies, dévorées par les passions et les remords.

Isolée au pied de la colline, la maison semblait déserte. Pourtant, une vie courbée traînait encore quelque part dans cette demeure. Depuis que Marcos avait quitté la maison, sa vieille mère ne s'en était jamais remise. Ce départ était certes prévu, mais elle refusait de l'accepter. La maison n'était plus entretenue et elle reflétait l'état dans lequel était l'esprit de la vieille mère : délaissé, malmené et abandonné au hasard. Les couches de poussière collaient sur les objets et disparaissaient seulement lorsque les larmes de la femme tombaient sur elles. Parfois, remplie de tristesse et de mélancolie, la vieille voulait faire comme la mer : balayer d'un seul coup tout ce qui se trouvait sur son chemin. Les nombreuses cartes postales affichées au mur de la chambre de son fils avaient une double signification pour elle. Non seulement elles appartenaient à son fils, mais elles lui avaient été envoyées par son père lors de ses nombreux et lointains voyages. Le père pensait que c'était la seule façon de signaler son existence au garçon et de lui rappeler qu'il avait un géniteur. Mais en même temps, il lui transmettait sa passion pour la mer et lui montrait combien les contrées lointaines étaient belles. Après la mort du père dans un naufrage, la mère avait tout fait pour empêcher le fils de suivre le même destin. Sans succès. Ses efforts étaient restés vains, car Marcos, tout comme son père, était profondément épris des vagues.

À l'instar de celle des adolescents amoureux, la chambre de Marcos portait les traces de sa bien-aimée : la mer. Lorsqu'il était encore enfant, Svetoslava s'en souvenait, il avait rêvé de construire une maison plus près de la plage ; il aurait laissé la porte ouverte afin que la douce écume puisse entrer et comme un souffle divin couvrir son corps. Son rêve ne s'était jamais réalisé, mais ce n'était pas pour cela qu'il avait cessé d'y croire. Au contraire, plus le temps passait, plus il savait qu'aucune dimension terrestre n'était comparable à la fluidité des surfaces océaniques où, comme dans l'au-delà, les choses n'avaient pas de contours. Marcos avait ressenti le besoin d'être en symbiose avec les grandes surfaces céruléennes, toujours plus profondes.

Après son départ, sa chambre était devenue semblable au cimetière : très peu visitée, car peuplée de trop de souvenirs qui déchiraient la mère. Les coquillages et coraux que Marcos avait ramassés ressemblaient désormais aux squelettes du cimetière : insignifiants et sans aucun souffle de vie. Les rares fois où Svetoslava osait entrer dans la chambre pour affronter sa douleur, elle jetait un regard suspect sur l'ensemble des objets. Superstitieuse, comme toutes les femmes du Sud, elle voulait s'assurer que rien dans cette pièce ne pouvait suggérer un mauvais présage ou porter malchance à son fils. Un jour, pendant qu'elle fouillait dans les nombreuses lettres de Marcos, elle trouva sous son lit un morceau d'épave. Après l'avoir longtemps examiné, elle conclut sans l'ombre d'un doute que c'était une pièce du dernier navire sur lequel avait navigué son mari. Le morceau en question avait erré dans les voies sous-marines pour remonter un jour à la surface près des côtes. Elle crut avoir trouvé ce qu'elle cherchait, car ce bout d'épave pouvait porter malchance à son fils. La nuit même, dans un rituel où elle était novice et chamane à la fois, elle décida de brûler l'objet afin que les mauvais esprits s'éloignent du bateau sur lequel son fils contemplait les étoiles.

Rares étaient ceux qui osaient rendre visite à la veuve. De temps à autre, quelques vieilles connaissances se risquaient dans ce coin. Mais c'était plutôt par aventure et par curiosité que par véritable désir de la voir. Les gens aiment les oiseaux rares, particulièrement quand sous leurs ailes ils cachent le malheur. Ce jour-là, les sœurs Carmendas, qui s'ennuyaient elles aussi dans leur quotidien, décidèrent de rendre visite à leur vieille amie d'enfance. Elles furent effrayées de constater combien le départ de Marcos avait enlevé tout le goût de vivre à Svetoslava. Son visage s'était tellement couvert de tristesse que ceux qui ne la connaissaient pas auraient pu croire que cette expression mélancolique faisait depuis toujours partie de ses traits. Malgré son prénom, elle n'avait rien de la témérité slave ; Svetoslava était de ces mères et de ces épouses qui, soumises aux êtres chers qui les entourent, trouvent le bonheur suprême dans le dévouement. Sans jamais penser à elle, elle avait perdu toute notion d'individualité.

Lors du départ de Marcos, la panique l'avait envahie pour la première fois de sa vie. Elle avait soudain compris qu'elle n'avait plus personne à servir et qu'il n'y avait plus d'hommes dans sa vie : ils étaient soit au cimetière, soit sur la surface séduisante de sa rivale. En quelques semaines seulement,

Svetoslava s'était courbée et était devenue plus petite. Lorsqu'on la regardait de près, on avait l'impression que chaque minute qui passait faisait apparaître une nouvelle ride sur son visage. Ses grands yeux jadis pleins de joie et de vivacité avaient perdu leur éclat. Rétrécis et remplis de tristesse, ils semblaient se retirer à l'intérieur de la tête ; comme un enfant blessé, la mère regardait craintivement tout ce qui se présentait devant elle. Ses lèvres aussi s'étaient rapidement transformées en deux lignes minces que seul un effort surhumain parvenait à entrouvrir.

Les visites la dérangeaient, car elles détournaient son attention de la mer qu'il lui fallait constamment surveiller. « Pourquoi êtes-vous venues maintenant ? J'ai d'autres chats à fouetter que de satisfaire votre curiosité ! Vieilles radoteuses ! » La mère se parlait à elle-même pendant qu'elle tentait de partager son attention entre la visite et la mer. C'est lorsqu'elle est calme qu'il faut le plus craindre la mer. Svetoslava connaissait par cœur les états d'âme de son émule et savait que ce sournois repos cachait ses pires moments d'agitations. Ainsi figée, un œil sur sa rivale, l'autre sur ses amies, elle essayait de détecter à l'horizon quelque bateau lointain. De temps à autre, au loin, quelques navires défilaient devant le soleil couchant, mais aucun ne s'approchait. Elle détestait cette rivale imbattable qui avait séduit et même gardé pour toujours son mari et peut-être aussi son fils. Pourtant, elle avait tout fait afin de détourner Marcos de ses plans. Elle avait même réussi à l'envoyer étudier un métier dans la ville la plus proche, à Camagüey. Mais peu de temps après, il était revenu dans le village sous prétexte que la famille lui manquait. La civilisation ne l'avait pas séduit, malgré ce qu'avait espéré Svetoslava. Au contraire, après son retour, Marcos passait des journées entières à contempler la mer et rentrait seulement lorsque les vagues venaient heurter les rochers sur lesquels il était assis et lui faisaient clairement comprendre que sa bien-aimée voulait se retrouver seule.

Svetoslava ne pouvait s'empêcher de penser à son fils. Ses amies le savaient. Elles pressentaient son angoisse, elles partageaient son désarroi. «Qu'arriverait-il s'il périssait de la même façon que son père?» se demandait la mère à voix haute. «Mais non, tu sais que ce n'est pas possible. Les grands malheurs n'arrivent qu'une seule fois, deux quand on n'a vraiment pas de chance!» Mais ces paroles ne la consolaient guère. «Vieilles radoteuses», pensait Svetoslava. «N'avez-vous pas d'autre consolation que ces mots vides de sens?» Afin de les empêcher de prononcer des propos déplacés, qu'elle voulait éviter à tout prix, Svetoslava décida de leur raconter l'histoire de sa propre mère.

— Vous savez, ma mère, lorsqu'elle a perdu son frère dans un triste naufrage, se donnait toute la peine du monde pour cuisiner de bons plats, qu'ensuite elle jetait à la mer. La tradition disait qu'il fallait nourrir la mer pour éviter qu'elle s'alimente des vies humaines. Moi, j'ai décidé de faire de même. Ainsi, deux fois par jour, je me rends Àsur les rochers du haut desquels je nourris la mer en lui disant: «Mange, l'affamée! Mange! Tiens! Voici encore!» Une fois les morceaux dans l'eau, toutes sortes d'oiseaux blancs et grisâtres se dépêchent de sauvagement dévorer leur part. J'aime leur agitation, car leurs cris restent le seul bruit qui peut chasser le silence du vieux cimetière. Depuis que j'ai eu cette idée, je sors plus souvent de la maison et la fraîcheur du sel marin me purge de mes idées noires.

Elle avait encore une fois réussi à brouiller les pistes. Ne jamais se montrer vulnérable devant les femmes. C'était sa devise. Car elle en savait quelque chose sur leur nature ambiguë. C'est d'ailleurs ce qui l'avait poussée à fuir la civilisation pour se consacrer entièrement aux hommes. Elle ne voulait surtout pas de leur pitié. Les amies partirent perplexes, ne sachant pas comment considérer ce malheur solitaire: comme une longue agonie ou une interminable attente.

Deux ans passèrent ainsi. Entre les souvenirs, les rochers et la véranda, la mère attendait toujours le retour de son fils. Pendant ces deux années-là, la mer paraissait moins affamée, parce qu'elle était régulièrement rassasiée. Mais les vents restaient fidèles à leur mission et chaque fois que l'occasion le leur permettait, ils dévoraient comme une bête sauvage les branches des arbres du cimetière. Toutefois, la veuve aimait cette éternelle bataille des éléments et préférait de loin côtoyer les forces de la nature que le monde déchu des hommes. Elle pensait d'ailleurs que les humains lui portaient malchance : dès que quelqu'un frappait à la porte, la vieille s'imaginait le pire et se mettait à pleurer. Ainsi, les rares personnes qui lui rendaient visite, sachant combien elle était terrifiée quand elle entendait quelqu'un s'approcher de la maison, décidèrent de crier leurs noms depuis le haut de la colline afin de lui signaler l'absence de mauvaises nouvelles. Mais cela faisait déjà quelques semaines que personne n'était venu la voir. Les vieilles radoteuses du village ne se pointaient plus. Elles avaient peut-être été emportées par les flots de la mort. Toutefois, cette extrême solitude rendait Svetoslava un peu inquiète, car pour la première fois, elle sentait le besoin d'être entourée des gens qu'elle connaissait. Elle ne comprenait d'ailleurs pas d'où lui venait ce soudain besoin des autres. Elle songea alors que ses amies étaient peut-être lasses de son visage abattu, de son désespoir pour un malheur qui n'était même pas arrivé.

Un matin de novembre, Svetoslava décida de se rendre au village, ce qu'elle n'avait plus fait depuis fort longtemps. Avant de quitter la maison, elle entra dans la chambre de son fils pour prendre un objet qui lui servirait de porte-bonheur. Elle embrassa tendrement l'oreiller : comme si quelqu'un dormait régulièrement dessus, il était devenu jaune mais dégageait toujours l'odeur familière de son fils. Elle ouvrit l'armoire qui, depuis quelques années, était restée fermée et, comme d'une tombe profanée, de nombreux insectes s'en échappèrent. Elle ouvrit la fenêtre et elle vit leurs vols pressés se diriger vers le cimetière. Elle prit une ancienne écharpe noire que son fils avait l'habitude de porter lorsqu'en hiver il allait pêcher. Elle l'attacha autour de son cou.

Son arrivée inattendue surprit le village entier. Svetoslava ne comprenait pas, essayait de sourire pour leur montrer qu'elle avait changé et qu'elle ne pleurait plus son fils qui allait bientôt rentrer à la maison. Mais personne ne remarquait sa bonne humeur. Les regards se posaient plutôt sur l'écharpe noire autour de son cou, qui pour tout le monde était le signe de son deuil. Personne ne comprenait comment la mère avait pu apprendre la mort de son fils. Car de fait, Marcos avait péri, tout comme son père, et personne n'avait encoré osé l'annoncer à la mère. Les femmes se regardaient entre elles, cherchant la coupable, mais personne n'avait quoi que ce soit à se reprocher. Les femmes supposaient que la mère l'avait appris seule, par les signes que lui envoyait sa rivale.

Pendant que les larmes coulaient doucement sur leurs visages, des frissons traversaient Svetoslava. Soudain, elle comprit pourquoi personne n'avait osé venir lui annoncer la mauvaise nouvelle. Elle resta muette et immobile quelques instants pendant lesquels elle voulut pleurer, mais les larmes ne lui venaient pas. Elle leur tourna le dos avec le désir de reprendre la route. Une des femmes lui dit : « Où vas-tu ? Reste, partage ta douleur avec nous. Nous sommes tes amies. » Mais la mère répondit qu'elle devait aller nourrir la mer.

L'APOTHÉOSE D'UNE ORCHIDÉE

❖

P our qu'elle acceptât enfin de me raconter sa vie, il fallait bien qu'elle m'aime un peu. Mais je ne peux l'affirmer avec certitude. C'était un être introverti et je ne sais pas si je la connaissais vraiment. Mais ce n'est plus tellement important. Ce qui m'importe aujourd'hui, c'est qu'elle ait accepté de me faire ses confidences.

Cette nuit-là au chalet, loin de la mer et de ses tourmentes, elle avait commencé par me dire à quel point elle trouvait l'hiver, la blancheur et les vents reposants.

— *C'est vrai que c'est beau, le ciel éternellement bleu et tiède, disait-elle, mais à la longue, on finit par trouver cela ennuyeux. L'hiver, c'est comme une longue pause, c'est comme un repos ou une accalmie avant le bourdonnement de la vie et de ses cycles.*

Étrange coïncidence, mais cet hiver-là, le seul d'ailleurs qu'elle ait jamais connu, a été l'unique véritable repos de sa vie. C'était son premier et son dernier hiver. Elle avait commencé à me raconter sa vie en parlant des tunnels de son enfance.

— *Dès mon plus jeune âge, de drôles de liens me rattachaient à l'idée d'un tunnel. Dans le temps où ma raison n'était pas encore à l'œuvre, mon père me faisait croire que le ventre de ma mère était un tunnel par où il était un jour passé par hasard. Il y avait déposé quelques graines magiques, qui avaient ensuite donné naissance à une fleur rare. Tout comme les Babyloniens croyaient que le monde était une huître enclose de tous les côtés comme un fœtus, j'ai longtemps cru qu'avant de naître j'étais une fleur. Je m'imaginais pousser dans l'humidité d'un tunnel douillet et cela me tenait lieu de paradis.*

Mais ce n'est que plus tard qu'elle avait compris pourquoi son père associait les moments qui avaient précédé sa venue au monde à un tunnel. C'est peut-être étrange, mais son père avait tout simplement souhaité que sa fille s'imagine avoir vécu dans les ténèbres avant de naître. C'était une façon de l'obliger à croire que le noir était derrière elle et que ce qui l'attendait dans la vie allait être un peu plus lumineux que ce tunnel où elle avait crû avant sa naissance. C'était une métaphore, bien sûr, mais à bien y penser, elle s'était avérée juste. « *Drôle de façon de m'obliger à être optimiste, quand même !* » disait-elle en parlant de son père. Quant à ce dernier, elle croyait fermement qu'il avait tout fait pour que sa vie soit la moins douloureuse possible.

— *C'est vrai ! Ce n'était pas sa faute si nous étions nés dans un pays pauvre et que par conséquent nous étions miséreux. Ce n'était pas sa faute si je n'avais pas de mère (puisque c'est un tunnel qui m'a portée) et que j'étais née au cœur de cette banlieue défavorisée, surpeuplée et inhabitable.*

Ce n'était pas sa faute non plus s'ils manquaient de tout, sauf de beau temps. Son enfance fut imprégnée de cet optimisme paternel, qui était la seule façon qu'avait cet homme de protéger sa fille. Il la consolait en lui disant que peu de gens sur la planète avaient la chance de respirer les douces brises du Sud.

— *Mais que m'importait le beau temps quand je n'avais rien d'autre ? D'ailleurs, avec un ventre creux, je n'avais même pas le temps de lever les yeux au ciel pour apprécier sa beauté. Les rares fois où je le faisais, c'était pour lui demander, à ce ciel indifférent à notre condition malgré les prières du prêtre local, de nous envoyer un peu de nourriture. Mais quand on a le ventre vide, ce n'est pas de là-haut que vient la solution, mais plutôt de quelque poubelle des quartiers riches. L'unique privilège dont nous jouissions par rapport aux enfants des riches était de dormir en plein air et de passer des nuits entières à contempler*

les étoiles filantes, qui étaient notre unique éclai-
rage et notre rare possession.

Au fur et à mesure qu'elle avançait dans l'histoire
de sa vie, ma gorge se serrait. Jamais je n'aurais pu
imaginer tant de misère, mais surtout je refusais
de croire qu'elle était la sienne. Il n'y a rien de
plus difficile que de s'imaginer la vie de la femme
que l'on aime avant notre atterrissage dans son
existence. C'est encore plus difficile de l'imaginer
souffrir. Un sentiment de culpabilité et de colère
m'envahissait. S'il avait été possible de remonter le
cours du temps, je serais retourné aussitôt dans
son enfance afin de la préserver de tant de mauvais souvenirs. Mais ce qui me surprenait le plus,
c'était ce sourire qu'elle n'avait pourtant jamais
perdu. À mes yeux, c'était de l'ordre du miracle, et
je pense que c'était la raison principale de mon
amour pour elle.

— *J'ai déjà dit que mon père avait tout fait pour*
adoucir le destin peu prometteur qui m'attendait,
mais je n'ai pas assez parlé de ses mérites. Quand
il n'était pas dans les mines, il était à mes côtés,
en train d'exploiter la seule chose que la misère
n'avait pas encore réussi à ronger : son incroyable
talent de conteur. Mon enfance fut agrémentée
d'histoires des plus incroyables, et comme un re-
mède magique, elles me faisaient oublier mon
ventre creux. Un jour, il m'a raconté l'histoire de
nos ancêtres, les Indiens Desana-Tukano. Il m'a

raconté qu'un de leurs plus importants rites consistait à reproduire périodiquement une scène de leurs origines, dans laquelle les humains s'enfermaient dans le ventre d'un immense monstre, qui les avait dévorés. Après un certain temps, cependant, à la suite de nombreuses épreuves, ils en ressortaient immortels.

J'étais fasciné par ce qu'elle me racontait même s'il m'était difficile, en bon rationnel que j'étais, de croire aux histoires de son père. Ce n'était pourtant pas son cas, et je me demandais pourquoi la misère et la foi vont souvent de pair.

— *Je dois avouer que cette histoire m'a beaucoup marquée. Elle m'a donné le goût des aventures et la soif des épreuves. De plus, chaque fois que ce mythe des origines m'était raconté, mon ventre ne ressentait plus la faim, comme si, à la manière du monstre des Indiens Tukano, l'histoire m'avalait entièrement et me faisait oublier ma condition. Je t'avoue que cette histoire a été décisive pour mes actes à venir: elle m'a inspiré le courage et la curiosité, notamment quand, quelques années plus tard, j'ai décidé de livrer bataille au monstre qui me rongeait, la faim, en cherchant une solution à tout prix, en espérant en même temps atteindre l'immortalité. Tuer deux mouches d'un coup, est-ce la bonne expression en français?*

Immortalité? Mais d'où lui venait cette étrange idée? Je pensais qu'elle s'était éteinte avec le Moyen

Âge. Je pensais que c'était la préoccupation démo-
dée des saint Augustin, des Thomas d'Aquin et com-
pagnie, pas celle d'une jeune Cubaine. En ce qui
me concerne, cette idée ne m'était jamais passée
par la tête. Et voilà qu'elle m'incitait à m'interro-
ger et à remettre en question ce que j'avais de plus
certain et de moins problématique dans ma vie:
ma propre mort. Je ne comprenais pas pourquoi
elle était si fascinée par cette question. La mort ne
me faisait aucun effet. Je n'en parlais jamais à personne, parce que je considérais qu'elle n'en valait
pas la peine. Peut-être aussi parce qu'elle était ce
que j'avais de plus certain. C'était la seule chose
sur laquelle je pouvais compter. « *Elle ne te fait
pas peur?* » Non, elle ne me faisait pas peur.
Aucunement. Quand je pensais à la possibilité de
ma fin, j'avais l'image d'Ashini en tête, ce vieil Amé-
rindien qui s'est laissé mourir dans la fôret une
fois qu'il a compris qu'il ne servait plus à rien. Le
jour où je ne servirai plus à rien et où j'aurai ac-
compli tout ce que je souhaitais réaliser, je partirai
seul vers le Grand Nord et je me laisserai mourir
avec les vents, au milieu d'une forêt boréale. Ce
sera mon ultime accomplissement. Pourquoi, dans
ces conditions, me ferait-elle peur, cette mort qui
l'obsédait tant?

Pendant que je parlais, mon orchidée s'était
levée et elle observait, taciturne, l'immense lac
gelé qui s'étendait devant nous. En bas, au pied

des rochers glissants, nos voisins, les amis d'enfance de mon père, jouaient au golf sur la surface glacée. Elle n'avait jamais vu cela auparavant.

— *Ils n'ont pas peur de casser la glace et de tomber dans l'eau? Vous n'avez peur de rien. Même pas de la mort.*

La possibilité d'une fin imminente faisait partie de sa vie. Sachant ce qu'elle avait dû faire pour survivre, cela ne m'étonnait pas outre mesure. J'essayais alors de lui faire comprendre que la mort était une chose naturelle, qu'elle était plus ou moins présente, plus ou moins menaçante et obsédante, selon d'où l'on venait. Je lui expliquais que les voisins qui jouaient sur le lac gelé n'étaient pas aussi obsédés qu'elle par cette idée, car, dans tous les sens du mot, ils n'avaient jamais connu aucun tunnel. Tout avait toujours été fluide dans leur vie de bourgeois gentilshommes. Si elle était née au Québec, elle aurait probablement moins envie de penser à des choses aussi sombres.

— *Mais non! C'est toi qui n'as rien compris!*

Elle avait peut-être raison. Elle avait sûrement raison. Mais à quoi bon me torturer avec ces choses inutiles? Pendant que je regardais devant moi comme un enfant puni, elle plaça le grand dictionnaire des noms propres sous mes yeux.

— *Ouvre-le. Prends au hasard cinq personnes connues et lis les dates de leur naissance et de leur mort.*

Je fis ce qu'elle me demanda. J'étais tombé sur la lettre R : *RAVAISSON-MOLLIEN (Félix Lacher), philosophe français (Namur, 1813 — Paris, 1900) ; RAVEL (Maurice), compositeur français (Ciboure, 1875 — Paris, 1937) ; RAY (John), naturaliste anglais (Black-Notley, Essex, 1627 — id., 1705)...*

J'aurais pu continuer, car je trouvais le jeu amusant, d'autant plus que je ne voyais pas où elle voulait en venir. Elle tenait un papier et un crayon entre ses mains.

— *Dans le cas du premier, Ravaisson quelque chose... 87 ans ; dans le cas de Ravel, 62 ans, et dans le cas du dernier, le naturaliste anglais, 78 ans. Elle ne te fait toujours pas peur, la mort ? Tu vois ce que je voulais dire ? Rares sont les personnes qui atteignent cent ans et, s'il y en a, étant donné que c'est tellement rare, elles ont droit à un adjectif spécial : centenaire. Mais cent ans n'est rien sur la grande échelle du temps. C'est de la poussière et quelques bakchichs. Et ça passe tellement vite que ça m'effraie.*

La folie des gens du Sud, c'est leur capacité de croire en l'impossible. «Soyons réalistes, exigeons l'impossible ! » N'est-ce pas le leitmotiv d'une de leurs plus grandes têtes révolutionnaires ? Mon orchidée avait une folie que j'admirais. Il faut avouer que sa présence dans ma vie remettait ma propre existence en question. Comment se faisait-il qu'elle, qui avait tant souffert et qui avait toujours manqué de tout, pût encore avoir des idéaux pour lesquels elle aurait été prête à mourir ? Qu'est-ce qui s'était endormi dans ma petite existence dorlotée de Nord-Américain ? Ou plutôt, la question que je devais me poser était plutôt de savoir si toutes ces passions dont elle parlait faisaient partie de la nature humaine. Mais elle continua de me surprendre.

— *Je n'ai pas beaucoup d'obsessions. J'en ai deux, pour être précise. La première consiste à consulter régulièrement un dictionnaire de noms propres, à regarder la date de naissance et de mort de grands personnages, à calculer le nombre d'années qu'ils ont vécues, puis à m'indigner devant le minuscule nombre d'années accordé aux plus illustres d'entre nous. Trente, quarante, cinquante, soixante ans et c'est tout ? Où partent tous ces gens-là ? J'ai beaucoup de difficulté à me faire à l'idée du néant et de la mort. Je ne comprends pas comment on peut vivre, penser, aimer, séduire, sentir, puis disparaître et se décomposer comme si l'on n'avait jamais existé. Vraiment, je reste bouche bée chaque fois que j'y pense. J'appréhende très mal la logique de la mort, elle me dépasse.*

Je n'aimais pas l'entendre parler de la sorte. Je trouvais que cette peur lui allait mal, comme des faux cils ou des gants râpés. Pour lui changer les idées, je l'incitai à me parler de son enfance et de sa vie.

— *Je t'ai dit que le mythe des origines des Indiens Tukano est la source de ma curiosité et de mon courage. Se faire avaler par un monstre, c'est aller au bout de soi-même, faire le tour de notre monde intérieur et de nos limites. C'était vrai et ça l'est encore : j'irais au bout de la terre pour accomplir mes rêves.*

Je savais pertinemment qu'elle disait vrai. Je savais aussi qu'elle serait capable de me quitter du jour au lendemain si jamais je devenais un obstacle sur son chemin. Mais c'est aussi pour ça que je l'aimais, je crois.

— *Un ancien chemin de fer passait à côté de notre vieux quartier délabré et menait à un tunnel qui, faute de moyens, avait été abandonné depuis longtemps. C'est là que doña Piño avait aménagé son royaume secret. Enfant encore, je pouvais tout faire, aller dans n'importe quel quartier, me perdre dans n'importe quelle ruelle, traverser la ville entière si je le voulais, sauf m'approcher de ce tunnel. Je me rappelle qu'un jour, en me voyant jouer aux alentours de ce tunnel, mon père m'a violemment prise dans ses bras et m'a emmenée loin en m'interdisant de m'approcher de ce lieu apparemment dangereux. Mais pour une raison qui m'échappait, ce tunnel exerçait une réelle fascination sur mon imaginaire d'enfant. Il me fascinait non seulement parce que je l'associais au tunnel d'avant ma naissance*

dont me parlait mon père, mais aussi parce qu'en
le regardant de loin, on avait l'impression d'aper-
cevoir le ventre d'un énorme monstre couché sur
le dos. Il ressemblait au ventre duquel les Indiens
Tukano ressortaient immortels. Mon jeune âge et
mon inébranlable foi dans la vie m'avaient poussée à penser que si j'affrontais les ténèbres du
tunnel où régnait doña Piño, j'allais moi aussi
ressortir de cette caverne sinon immortelle, du
moins un peu moins affamée.

Mon regard se perdait sur la surface gelée du lac
Bonin, où les infatigables voisins s'obstinaient à
faire entrer les balles de golf dans les trous du lac,
faits pour la pêche ou pour mesurer l'épaisseur de
la glace.

— Tout a commencé ce lointain printemps de
mes douze ans. Alors que je m'approchais du tunnel, une porte s'ouvrit lentement devant moi. Il
faisait beau et humide, ce jour-là, et le ciel était
d'un bleu très pur. C'est une des rares fois dans
ma vie où la beauté du ciel a réussi à retenir mon
attention. Soudain, une délicieuse odeur de nourriture a pénétré suavement mes narines. La salive
dans ma bouche giclait littéralement pendant que
mes pas se pressaient vers le lieu interdit qui pro-
mettait de calmer ma faim. J'avais complètement
oublié le ciel. Le royaume secret de doña Piño
était hostile et peu éclairé. Il y avait là beaucoup
de gens, surtout de jeunes et belles femmes, que

l'humidité et la noirceur avaient rendues plus ternes. Il y a avait aussi beaucoup d'hommes, tous mal rasés et plus bruyants les uns que les autres.

Je suis entrée, on m'a offert à boire et à manger à satiété. C'était la première fois de ma vie que je mangeais autant de plats succulents. Il y avait du poulet frit, de la salade à la mangue et aux fèves noires, du riz noir avec des crevettes épicées, du porc sauté à la papaye, tous ces plats dont nous raffolions à distance parce qu'ils ne nous étaient pas accessibles. J'étais heureuse de ma trouvaille et je me disais que j'avais enfin découvert une source abondante, où je pourrais venir me nourrir tous les jours. Je me voyais même apporter quelques mets délicieux à mon père et à mes amis. Mais lorsque je m'apprêtai à sortir, la porte semblait à jamais fermée, la lumière éteinte pour toujours. Je ne sais pas combien de temps je suis restée enfermée dans le royaume invisible de doña Piño, mais je sais que le jour où j'ai à nouveau vu la lumière, mon enfance était loin derrière moi et la vie n'avait plus l'odeur de l'innocence et de l'insouciance.

En échange de la nourriture, mes services devaient être constamment disponibles et j'étais tenue de me mettre au service de la reine, qui décidait d'ailleurs de mon sort. Maintenant que j'étais prise au piège, comme une petite et stupide souris attirée par un morceau de fromage, je fai-

sais partie de ce tunnel. Je respirais son humidité,
partageais ses états d'âme et subissais sa noir-
ceur qui chassait le moindre rayon de soleil. Au
fond, et malgré le fait que je me sentais prison-
nière, je ne regrettais pas tellement le fait d'avoir
été prise au piège, car j'avais enfin un lit, je ne
dormais plus avec les rats et les cafards et, le
plus important : j'avais à manger. Le seul incon-
vénient était le fait que je ne dormais jamais seule
et que souvent, des respirations puantes d'ivro-
gnes me murmuraient à l'oreille toutes sortes de
baratins insensés. J'ai pris du temps avant de com-
prendre la dynamique de ce lieu, et il m'a fallu
quelques années avant de me rendre compte que
le tunnel dans lequel je m'étais égarée était la pire
et la plus indigne solution que j'aurais pu choisir.

La personne que j'aimais le plus au monde était
à douze ans prisonnière d'un bordel en Amérique
latine, alors que pendant ce temps-là, je visitais
avec mes parents les plus luxueux complexes hôte-
liers de la planète. Elle parlait comme s'il s'agissait
de quelqu'un d'autre, en suivant du regard les ab-
surdes balles de golf qui rebondissaient devant la
véranda vitrée de notre chalet.

— *Dans les rares moments de repos qu'on m'ac-*
cordait, je pensais à mon père. Je pensais combien
il avait voulu me sauver de ce tunnel, combien il
avait voulu que ma vie soit un royaume de lu-
mière. Malgré cela, j'étais désormais la reine des

ténèbres. Au début de mon incarcération presque volontaire dans ce sombre bordel, je pensais que, malgré l'enfermement, j'avais gagné le gros lot, par rapport à mes camarades qui mouraient de faim. Quand j'ai commencé à me rendre compte du gouffre dans lequel je m'étais enfoncée, je me suis mise à chercher une solution jour et nuit. Impossible de m'en sortir. La reine Piño avait à ses ordres des gardiens intraitables que rien ne pouvait amadouer. Nous étions des prisonnières si secrètes et si bien protégées qu'aucun prince charmant ne pouvait percer le moindre trou pour laisser un rayon de lumière effleurer nos jeunes visages déjà vieux. Pour me changer les idées, je pensais aux belles histoires que mon père me racontait lors de ces inoubliables nuits à la belle étoile. Je pensais souvent au rite des Indiens Tukano et au monstre qu'il leur fallait combattre pour devenir immortels. Je déclarai alors une guerre secrète à tout ce qui m'entourait; chaque ivrogne qui s'approchait de moi était un monstre qu'il me fallait combattre. Je ne les fuyais plus, ils n'étaient qu'un obstacle de plus sur mon chemin vers la liberté. Il n'en fallut pas plus pour que je gagne une réputation. J'étais une des rares parmi les soumises qui osaient contester, mais aussi une des plus demandées, car je livrais un réel combat à chaque souffle qui osait m'approcher. Les bœufs aiment se battre avec leurs semblables.

Cela semble les exciter. C'est aussi pour cette raison qu'on m'appelait l'orchidée noire. J'étais redevenue une fleur rare, comme celle que j'étais avant de voir la lumière du jour, dans un tunnel qui m'avait apparemment enfantée. J'étais une fleur rare et tout le monde ne pouvait pas s'approcher de moi. Doña Piño, comme une mère poule, négociait le prix et choisissait le papillon digne de recueillir mon pollen.

Elle continuait. Je l'écoutais attentivement.

— Je me suis souvent demandé pourquoi mon père m'avait fait croire que j'avais poussé dans un ventre-tunnel et que je n'avais pas de mère. Où était-elle ? Comment se faisait-il que j'étais redevenue une fleur qui se fanait et mourait à petit feu ? La réponse, je ne l'aurai peut-être jamais. Tout ce que je sais, c'est que le jour où l'on m'a enfin laissée partir, de bonne foi d'ailleurs, mon père n'était plus de ce monde. Les hommes meurent jeunes dans les pays pauvres. Je n'avais plus personne sous la voûte bleue.

Lorsque je me suis retrouvée dehors pour la première fois après tant d'années, la lumière m'a aveuglée, la faim me guettait et je me suis vite rendu compte que l'humidité et la noirceur me manquaient. Je me suis sentie orpheline, non seulement de mon père, mais aussi orpheline de combat. C'est dur de rendormir les instincts guerriers une fois qu'on les a réveillés. Je n'avais plus personne à combattre, à part un monstre invincible et éternel : la faim. Toujours la faim de l'Amérique latine, toutes les faims du continent et du monde. La faim. Mon père étant décédé, l'avenir était aussi plus hostile qu'avant. La solution s'imposait d'elle-même : je n'avais pas d'autres choix que de regagner la caverne.

J'étais surpris. Pourquoi avait-elle regagné le tunnel ? Je ne saisissais pas.

— Tu ne comprends pas. En sortant du tunnel, je n'étais pas toute seule. J'avais quelque chose en moi, j'avais une fleur qui poussait à l'intérieur de mon ventre. Je suis retournée dans la caverne pour casser le fil de la malédiction. Je l'ai fait pour elle, pour celle que je portais dans mon ventre, pour qu'elle puisse vivre dans le noir avant de naître, et pour que, une fois hors de ce ventre-tunnel dans lequel elle poussait, elle puisse regagner la lumière et ne plus jamais s'approcher du gouffre. Tant pis si on lui faisait croire par la suite que le ventre de sa mère était un tunnel humide. J'allais tout faire pour que son père, quel qu'il soit, fasse de son mieux en lui racontant une belle histoire. Après tout, pourquoi pas celle qui m'avait été racontée à moi ? La même histoire, pourquoi pas, pour autant qu'elle ne se pose pas trop de questions... Pour autant qu'elle reste dans le fabuleux et qu'elle croie à l'impossible, au surnaturel, aux monstres et aux grandes promesses immortelles. *Comme ses ancêtres Indiens Tukano l'ont cru et comme moi aussi je l'ai cru. L'histoire se répète, c'est vrai, mais je voulais tellement éviter à ma fille de subir le même sort que moi que, à mesure que je préparais dans ma tête son avenir, le mien propre se déroulait tranquillement devant mes yeux et, comme les morceaux d'un puzzle, tout me semblait se mettre en place.*

Elle avait le pouvoir de Shéhérazade. Elle aurait pu me raconter n'importe quoi, me demander n'importe quoi, j'aurais tout fait pour entendre la suite de son histoire. Je pense aussi que je la comprenais plus que jamais lorsqu'elle me disait que son père, avec ses nombreuses histoires, avait ce même ascendant sur elle et que ses contes lui faisaient oublier son estomac. La raison pour laquelle la Bible ou d'autres récits fondateurs étaient encore si populaires dans les pays pauvres me semblait désormais évidente. De plus, sans même qu'elle m'en dise un seul mot, je me faisais une idée de son histoire à elle : elle avait été conçue dans un bordel, sa mère n'était autre qu'une de ces vieilles matrones qui ont accouché dans le tunnel mais qui ont sorti leur progéniture de ce terrible lieu. Elle continua d'elle-même.

— *Ce n'est qu'en me découvrant enceinte et en retournant dans la caverne que je me suis rendu compte que j'étais venue au monde de la même façon. Personne n'a été surpris de mon retour dans le tunnel. Ma décision allait de soi. À la voir se dresser devant moi comme une panthère noire soudainement adoucie et maternelle devant sa progéniture qu'elle croyait à jamais perdue, je compris que doña Piño était ma mère.*

Mon orchidée n'eut pas beaucoup de difficulté à m'avouer que doña Piño fit la chose la moins attendue de toutes. Elle la fit avorter de ses propres mains, après quoi elle la força à quitter le pays à jamais.

— *Il existe un fil invisible, un cordon ombilical souterrain qui traverse tous les tunnels de la vie et qui nous rattache à ceux et à celles qui nous ont précédés, aussi minuscule et rapide qu'ait été leur passage sur terre. Le sceau de ceux qui nous devancent, comme une croix invisible, orne nos fronts vaniteux qui pensent détenir le secret du présent. Nos fronts orgueilleux qui pensent qu'ils sont les premiers et les derniers habitants d'un instant qui déjà n'est plus.*

Son regard était lointain, il déambulait sur la surface du lac gelé pendant que des larmes taciturnes rendaient la peau de son brunâtre visage encore plus cristallin. Qui était-elle vraiment ? Impossible de le savoir, d'autant plus que son visage était le produit de nombreux métissages. Ses traits mi-indiens, mi-européens, avec une touche foncée qui se reflétait le mieux dans ses lèvres charnues de déesse africaine, rendaient toutes les existences insignifiantes à côté de la sienne. Je ne suis sûrement pas objectif, je le sais, c'est un homme amoureux qui parle, mais ma Cubaine habitait jusqu'à mes moindres soupirs.

D'autres diront que je ne suis qu'un pauvre touriste à la recherche de sensations fortes, qui s'est fait avoir en épousant une Cubaine employée dans un complexe hôtelier. Nous nous sommes mariés et le passeport canadien lui a tout simplement permis de quitter le pays. Dans l'avion vers Montréal, elle me posait beaucoup de questions sur son nouveau pays. Elle était très excitée de connaître l'hiver et la neige.

Je l'ai tout de suite emmenée au lac Bonin, dans le chalet de mon père. C'était son premier et son dernier hiver, et c'est là qu'elle a décidé de me raconter sa vie. C'est là que j'aurais voulu arrêter le temps, l'étreindre de mes bras et ne plus jamais la laisser s'envoler. Au lieu de passer deux semaines au chalet, comme prévu, j'ai dû céder à son désir et l'emmener en ville au bout d'une semaine. L'hiver, c'est beau, la solitude aussi, mais elle avait passé toute sa vie dans la proximité de l'autre ; la chanson criarde des vents du Nord qui couraient dans la forêt boréale lui a fait peur. Je la comprenais, mais en même temps j'aurais tant aimé la garder prisonnière. Pour sa part, elle voulait revenir dans la civilisation pour se promener en ville et planifier sa nouvelle vie.

Contrairement à moi, elle avait cette capacité à changer rapidement de peau, de laisser le passé derrière et d'entamer les nouveaux débuts. Elle voulait décorer à sa manière notre maison qu'elle trouvait un peu froide. «*Tu sais, ça nous prendrait des couleurs chaudes sur les murs, beaucoup d'épices pour occuper nos sens, une machine à expresso et un sanctuaire pour les Orishas ! Il faut remercier les dieux et* los ancestros !» Elle parlait déjà d'avoir des enfants, mais avant, elle voulait faire un petit tour à Paris pour rendre visite à son frère Carlos, exilé cubain et écrivain à ses heures.

À cette époque, je venais d'ouvrir ma boîte de consultants et il m'était impossible de quitter le pays. Le cœur serré, il fallait que je la laisse partir. Sa joie de retrouver son frère me rendait jaloux ; j'avais peur de la perdre, maintenant que je l'avais enfin pour moi. Elle avait acheté le billet aller-retour et prévoyait revenir quinze jours plus tard. En guise de lune de miel, nous nous apprêtions à faire ensuite une croisière sur le Nil.

Le lendemain de son départ, je me suis réveillé morose et mélancolique. Je venais de faire un cauchemar épouvantable : son avion s'était écrasé et elle venait de terminer sa vie dans un tunnel métallique. Je me souviens aussi que dans mon rêve, j'avais calculé son temps sur la terre : Felicidad Navarro-Villeneuve, 1969-1997, 28 ans... Mais ce n'était qu'un rêve, je le sais.

Après avoir retrouvé mes esprits, j'ai tenté de rejoindre son frère Carlos à Paris. C'était le seul numéro qu'elle m'avait laissé. Personne ne répondait. Il n'y avait même pas de signal.

Je suis resté cloué à ma chaise pendant longtemps. Elle n'est jamais revenue. L'écrivain Carlos Navarro n'a jamais existé. C'était un faux nom, une fausse adresse, un faux numéro. Plus tard, en faisant une recherche, j'ai appris qu'il n'y avait pas d'Indiens à Cuba. Ils avaient tous été éliminés dès le premier contact avec les Blancs. C'est d'ailleurs pour cette raison que les gens de Christophe Colomb ont envoyé chercher une autre main-d'œuvre en Afrique. Les Indiens Desana-Tukano vivaient plutôt à la frontière de la Colombie et du Brésil, le long du majestueux fleuve Vaupés, et n'avaient aucun lien avec Cuba.

Quant à elle, je ne l'ai plus jamais revue. En me remémorant nos conversations dans le chalet, pour la première fois de ma vie, j'ai cru ressentir quelque chose qui ressemblait à un frisson. C'est tout ce qu'elle m'a laissé en héritage : un moite frisson et l'incapacité, encore aujourd'hui, d'espérer et d'aimer. Avec sa disparition s'est confirmée mon impuissance à trouver ma place dans le monde.

Les horloges déformées

❖

C'était une des journées les plus chaudes et les plus humides que nous ayons connues dans l'île. Tout était au ralenti, y compris l'autocar qui tardait et qui devait nous conduire vers le continent. Une sorte de chaleur brumeuse et acide piquait les yeux et incitait au repos. Cependant, je m'efforçais de rester éveillée, car, une fois sur le pont qui reliait l'île à la terre ferme, je ne voulais pas rater les flamants roses à la recherche de crabes. C'était une véritable attraction de ce coin du pays, qu'on appelle *Los Jardines del Rey*. Le large archipel de Cuba comprend des milliers d'îles, de petites baies oubliées et des îlots de toutes sortes qui cachent encore les vestiges des pirates.

L'autocar tardait et les touristes s'impatientaient. Je m'étais éclipsée sous prétexte d'acheter des cigares et quelques bouteilles de rhum dans le magasin d'en face. J'avançais vers l'espace climatisé que j'étais impatiente d'atteindre, quand une affiche suspendue au-dessus de la porte attira mon attention. Il était écrit : *Galeria de Arte*. Curieusement, je ne voyais aucun tableau, aucune peinture, aucun objet d'art dans cette boutique remplie des meilleurs cigares que l'île produisait. Derrière le comptoir, une Noire aux traits raffinés m'expliqua que les touristes ne s'intéressaient guère aux arts et que la direction de l'établissement avait décidé d'aménager la galerie au sous-sol. C'était donc seulement sur demande que la porte de celle-ci s'ouvrait sur l'imaginaire des artistes locaux.

Ne pouvant résister à ma curiosité, je me retrouvai dans une pièce mal éclairée où une agréable odeur de térébenthine effleura mes narines. La pièce ressemblait à un ancien entrepôt qui sentait l'humidité et les cigares. L'employée alluma et, le long de l'étroit couloir qui menait vers la pièce principale, des tableaux apparurent un à un sur les murs sans éclat. Je ne savais pas par où commencer et un malaise m'empêchait d'avancer. J'avais l'impression que chacune de ces toiles avait une âme inquisitrice que ma présence dérangeait. Cela valait-il la peine de continuer ? J'avais peur d'être déçue, de retrouver dans les créations des artistes de ce paradis tropical les clichés habituels, noix de coco et chapeaux de paille. De plus, je risquais de rater mon autocar. Mais l'idée de remonter dans cette chaleur humide et collante du mois d'août et d'entendre les fades histoires des touristes ne m'intéressait pas plus. Je décidai donc de rester et de bavarder avec l'employée qui semblait s'ennuyer.

Mais avant même que j'aie eu le temps de lui adresser la parole, un bruit attira mon attention. Un tic-tac continuel et sourd, qui semblait provenir d'une vieille horloge, envahissait peu à peu la pièce. Je regardai autour de moi. Je ne vis rien d'autre que les murs sombres habillés de tableaux. Les couleurs de ces œuvres étaient chaudes et vives, comme je l'avais pressenti. Le premier tableau représentait un jardin intérieur au centre duquel une jeune mulâtresse aux formes pulpeuses dansait devant des Noirs qui, tout en semant des graines dans la terre du jardin, regardaient d'un œil attentif et passionné ses mouvements sensuels. Dans le deuxième, le peintre avait tenté de représenter un village nocturne protégé par les palmiers et où se déroulait autour du feu une danse sacrée. Rien d'extraordinaire, pensai-je, d'autant plus que mon préjugé initial se confirmait : sur chaque tableau s'étalaient les couleurs vives, la sensualité, la danse, le dur travail des Noirs dans les jardins privés ou dans les plantations de cacao, les scènes vaudoues... Vraiment, rien d'extraordinaire.

Pourtant, j'entendais toujours le tic-tac d'une horloge qui émanait tantôt du fond de la pièce, tantôt d'un peu partout. Je m'apprêtais à aller vérifier si l'autocar était arrivé lorsqu'un détail attira mon attention. Peinte d'une main précise, une petite horloge déformée, semblable à celles qui ornent les délires les plus fous de Dali, se cachait derrière les palmiers, au fond de cette quatrième œuvre qui représentait une scène quotidienne au marché. Deux personnages semblaient négocier le prix des coqs et les femmes se rassemblaient autour des fruits. À l'extrême droite du tableau, tout près des coqs affolés, on pouvait voir une curieuse pendule, qui n'était aucunement en harmonie avec le reste de la scène. C'était comme si quelqu'un avait découpé une des horloges tordues de Dali et l'avait collée dans ce tableau, où elle dérangeait par sa singularité.

Pendant que j'essayais de déchiffrer cette étrangeté, un autre détail me bouleversa. En effet, je m'étais rapidement rendu compte qu'il y avait un lien entre l'horloge de cette toile et le tic-tac réel que j'entendais. Je m'approchai d'un autre tableau. Il représentait une scène onirique avec des visages à la bouche ouverte, des animaux souriants, des mains entrelacées, des lits volants. Il y avait beaucoup de bleu dans ce tableau. Je crois même que le peintre l'avait nommé *The Perfect Blue*. Mais encore une fois, dans le coin inférieur gauche, presque invisible, une horloge difforme semblait scander les minutes de personnages sortis du monde des rêves. Le bruit que j'entendais dans la pièce la rendait presque vivante. Trois mille six cents fois par heure, il perçait le silence qui habitait le tableau et mettait en relief l'immobilité des personnages.

Une troisième œuvre attira mon attention. Non seulement il y avait l'horloge, mais les personnages du tableau précédent y étaient aussi, légèrement vieillis : la petite horloge déformée avait pompé quelques années de leur joie de vivre... Plus j'avançais, plus le spectacle devenait intrigant. Sous le regard des malignes horloges daliennes qui se cachaient dans les coins, les mêmes personnages apparaissaient chaque fois un peu plus épuisés, comme sur un chemin de croix où le temps serait un crucifix invisible pesant sur leurs épaules.

Le tic-tac, qui semblait en parfaite harmonie avec les horloges des tableaux, persistait. C'était comme si, dans un chœur minutieusement réglé, le réel et l'imaginaire s'unissaient pour planter sur le visage des personnages quelques rides de plus. J'étais effrayée ! J'avais envie de m'enfuir. J'enfonçai ma tête dans mes mains, pour me protéger, puis je restai surprise par ce geste enfantin.

Avant de quitter les lieux, je jetai un dernier regard sur la pièce. La négresse avait disparu sans même que je m'en rende compte. Une idée m'effleura l'esprit : peut-être qu'elle n'avait jamais existé que dans la tête du peintre et qu'elle était sortie d'un des tableaux pour m'inviter dans cet étrange endroit. Au fond de la grande pièce envahie par l'humidité, j'aperçus une petite table en bois. Quelques bouteilles vides y traînaient, mais aussi de petits coquillages roses. Une corde se faufilait entre ces vestiges de la mer ; je ne savais pas si elle servait à faire des colliers avec les coquillages ou si on l'utilisait pour accrocher les tableaux sur les murs. Peut-être les deux. Cependant, je voulais savoir de quelle horloge provenait le mystérieux tic-tac. D'un pas pressé, j'avançai vers le fond de la pièce où je découvris, à moitié dissimulée derrière la petite table, une pendule du dix-neuvième siècle. Cela me parut étrange. Que faisait, dans ce lieu humide et sombre des Antilles, une vieille horloge de style second Empire ? Là, autour de l'horloge, les murs semblaient vides. Pourtant, à y regarder de plus près, je constatai que tout le mur sur lequel reposait la vieille horloge était rempli d'une étrange écriture, qui ressemblait, avec son allure droite et ondulée, à de la calligraphie arabe. J'allumai mon briquet pour y voir un peu plus clair : une main exercée, peut-être celle qui était à l'origine de tous ces tableaux, avait copié quelques-uns des plus beaux vers de Baudelaire parmi lesquels le poème intitulé *L'Horloge*, curieusement transcrit en français.

L'Horloge

Remember ! Souviens-toi ! Prodigue ! Esto memor !
Mon gosier de métal parle toutes les langues
Les minutes, mortel folâtre, sont des gangues
Qu'il ne faut pas lâcher sans en extraire l'or.
Souviens-toi que le temps est un joueur avide

Qui gagne sans tricher, à tout coup ! C'est la loi.
Le jour décroît ; la nuit augmente ; souviens-toi !
Le gouffre a toujours soif ; la clepsydre se vide.

Blême, je sortis de ce lieu en courant. Lorenzo et le petit groupe avec qui je voyageais étaient à ma recherche. Je me précipitai dans l'autocar, mon cœur battait la chamade. J'avais visité un autre univers. Je n'étais plus la même. Au terme de cette rencontre avec la peinture, il y avait un destin et une mutation. Tout avait pris la forme d'un symbole et je voyais dans les nombreux détails de cet événement les symboles d'une transformation qui m'était adressée. (*Mon gosier de métal parle toutes les langues.*) Ce ver résonnait à mes oreilles comme une vérité essentielle. Les œuvres de ce peintre local, que j'avais sous-estimé, ne représentaient au fond rien d'autre que des personnages soumis à un destin, à une époque, à une condition qui, malgré la distance et les différences, étaient aussi les miens.

Aux pieds de l'immense pont entre l'île et le continent, pendant que je regardais la luxuriante nature tropicale qui nous entourait, j'aperçus les flamants roses en train de chasser le crabe. Ils restaient de longs moments dans la même position, la tête enfoncée dans l'eau. À mes yeux, ces oiseaux étranges, dont la couleur change selon ce qu'ils ingurgitent, n'étaient plus seulement des attractions pour touristes. Il y avait quelque chose de primordial et de triste dans ce geste de s'enfoncer la tête sous l'eau pour chercher la nourriture. Mais peut-être que ce n'était pas leur unique motivation ? Peut-être voulaient-ils retrouver l'unité avec l'eau qui les protégeait de tout ? Qui sait, peut-être voulaient-ils fuir la réalité et ne pas entendre les horloges compter les minutes qui étaient peut-êtres suspendues aux murs de leur monde ?

Un homme devant la cabane

❖

Assis devant sa cabane, l'homme contemplait le paysage dévasté par la tempête. Quelques rayons de soleil s'efforçaient de percer les nuages. Mais l'air était encore trop dense, et les rayons se transformèrent peu à peu en un magnifique arc-en-ciel. L'homme s'y intéressa à peine, il était plus préoccupé par l'océan, qui paraissait calmé en surface. Mais il était encore tourmenté au fond. L'eau n'était pas claire. Les algues, les coraux, les coquillages s'étaient laissés ballotter à gauche et à droite. L'homme songea à l'univers et pensa qu'au début de tout, le chaos devait ressembler à cette scène qui se déroulait devant ses yeux. Mais le chaos avait fini par s'organiser et la présente tourmente finirait elle aussi par s'arranger. L'univers s'était ordonné en quelques milliards d'années, la mer y parviendrait en quelques minutes, mais lui, quand son chaos intérieur prendrait-il fin? Combien de temps faudrait-il encore avant qu'il fasse partie d'une structure quelconque au lieu de flotter au milieu de nulle part? De nulle part, vraiment?

L'homme songea de nouveau aux premiers instants de l'univers, pendant lesquels les ignorants atomes ne savaient pas qu'il suffisait d'un effort d'unification pour que la vie soit possible.

La faim se fit sentir et il chassa aussitôt ses pensées métaphysiques. Avant de rentrer dans la cabane, il jeta un dernier regard vers l'horizon. Timidement, les vagues laissaient des traces d'écume sur la plage, comme si elles mendiaient un peu d'amour à la terre. À table, seul avec l'océan pour compagnon, il réfléchit à sa vie. Il pensa qu'il était peut-être temps qu'il réintègre la société. Puis de nouveau, il se souvint de sa triste condition de soldat dont les bordels étaient la seule récompense. Il jouissait profondément des instants passés dans ces lieux. Ils lui procuraient une sensation d'abandon et lui faisaient oublier les ridicules coups d'État successifs qui les forçaient, lui et ses compatriotes, à recommencer toujours à zéro. Mais à vrai dire, il détestait la proximité des autres. Il était semblable à un loup qui n'avait pas de lien vital avec la meute. Il détestait le pays où il était né et lui avait tourné le dos à jamais. Il détestait l'armée. Il détestait les bordels et ces filles que tout le monde pouvait avoir mais qui n'appartenaient à personne. Il détestait les mots et l'effort que ça lui coûtait chaque fois pour faire passer un message. Entre lui et la mer, c'était différent. C'était un autre langage. Soudain, il sentit la brise océanique sur son visage.

Comme d'habitude, elle avait un effet apaisant sur lui. Il eut l'impression qu'elle le réconfortait en lui rappelant que tous ses soucis étaient loin derrière.

Le temps passa ainsi. Sa vie continuait au même rythme : pauvre, mais paisible, peu fréquentée, mais sereine… Puis un jour, en poussant sa barque vers la mer, il aperçut un corps à quelques mètres de lui. Il posa la barque puis, prudemment, s'approcha. Même de loin, on pouvait déjà constater que ce n'était pas un homme. Une femme, donc. Ses cheveux bruns et bouclés répandus sur son dos ressemblaient à un collier de coraux tourné à l'envers. Mais il ne voyait pas le visage ; plongé dans le sable, ce dernier donnait l'impression de vouloir laisser à jamais sa trace sur la plage. En avançant vers l'inconnue, l'homme se dit que tous les efforts pour laisser une empreinte éternelle étaient vains, car l'océan efface tout ce qui se trouve sur son chemin, surtout les traces des humains. Il prit la jeune femme par l'épaule et la retourna soigneusement. Le visage jeune et innocent portait des traces de coups et quelques plaies ouvertes qui demandaient à être soignées.

Il prit la jeune femme dans ses bras pour l'emmener à la maison. Mille et une questions se bousculaient dans sa tête. Que faisait-elle ici et comment avait-elle échoué dans ce coin qu'il pensait perdu ? Qui fuyait-elle ? Un homme violent ? Et si l'homme en question la trouvait, le tiendrait-il responsable de la disparition de la jeune femme ? Il la mit dans son lit, il la regarda. Une pensée égoïste l'effleura : elle n'avait pas le droit de perturber ainsi sa paix et peut-être aussi de lui causer des ennuis. Puis il alla chercher de quoi soigner ses plaies. En revenant, il constata que la jeune femme avait changé de position. Pour ne pas la déranger, il fit le tour du lit. Elle avait les yeux grands ouverts, mais son regard était vide. En l'apercevant, elle se mit à hurler. Pour la calmer, l'homme lui expliqua qu'il voulait tout simplement l'aider, car il l'avait trouvée échouée sur la plage, seule face à l'océan. La jeune femme prononça le mot « océan » et se rendormit. Cette fois-ci, c'est lui qui resta stupéfait. La couleur de thé vert de sa peau jeune le paralysa, tout comme la beauté de son visage. Il se rappela même la couleur de ses yeux, même si elle les avait rapidement refermés. C'était un bleu rare, mais étrangement familier, car la couleur lui semblait familière. Il se mit à chercher dans ses souvenirs une personne connue qui avait peut-être eu les yeux de la même couleur. Soudain, il entendit au loin, comme un écho, la voix de l'océan. Voilà, l'énigme était résolue. En effet, toutes les semaines, dans sa petite barque de pêcheur, l'homme faisait une sorte de pèlerinage en haute mer. Il se rendait chaque fois à un endroit précis, où l'eau était différente. En deux points de l'océan, pas très éloignés l'un de l'autre, l'eau était d'un bleu majestueux et étrange.

Si quelqu'un lui avait demandé de le décrire, il en aurait été incapable. Tout ce qu'il aurait pu dire à propos de cette nuance était qu'il la nommait «bleu du paradis», «bleu du temps perdu». L'homme s'y rendait religieusement toutes les semaines pour pleurer. Il pleurait sa vie restée vide et l'inassouvissement de nombreux désirs de jeunesse. Il pleurait parfois sa condition de loup sauvage, parfois ses amis et parfois aussi le silence de l'infini et de la mer. Mais chaque fois, il regagnait la terre ferme avec un sentiment de purification et de joie qui l'aidait à continuer.

La jeune femme ouvrit à nouveau les yeux. Elle le regarda longtemps. Elle se leva, jeta un regard rapide autour d'elle puis s'approcha de la fenêtre. Elle resta immobile face au paysage puis déclara :

— *Je veux rester ici, s'il te plaît, permets-moi de rester ici jusqu'à la fin de mes jours.*

L'homme, surpris par ces propos inattendus, essaya de changer de sujet en lui demandant si ses plaies lui faisaient moins mal. Mais, sans faire attention à lui, elle se mit à parler.

— *Je viens d'une famille pauvre où l'honneur faisait les lois. Un riche jeune homme, que je n'avais jamais vu auparavant et pour qui mon père travaillait de temps à autre, demanda un jour ma main à mon père. Ce dernier accepta sans me demander mon avis. Chaque fois que je protestais, mon père me tabassait comme une chienne. Le restant de l'histoire, tu la connais. Afin d'échapper à ce sort, je me suis enfuie et me voilà ici. Je viens d'un village près de Masaya qui est assez loin et tu n'as rien à craindre. Mon père ne viendra jamais jusqu'ici.*

Quelque peu stéréotypée, l'histoire lui parut quand même vraisemblable. Mais il savait que c'était surtout la beauté de la jeune femme qui lui donnait envie de croire à son mensonge. Sa présence dans sa vie, longtemps désertée par les sentiments et les passions, réveillait chez lui plusieurs attentes enfouies. C'est ainsi qu'il accepta la jeune femme dans son espace le plus intime. Sa vie continua au même rythme, mais avec un goût différent, le goût du bonheur. Il accepta vite le rôle de protecteur. Il pêchait pour elle les plus beaux poissons, lui offrait les plus beaux coquillages, l'emmenait même dans son pèlerinage en haute mer afin de lui montrer les yeux de l'océan. En retour, la jeune femme lui procurait d'innombrables plaisirs du corps et de l'esprit et le comblait tous les jours. Le temps passa ainsi, ils vivaient heureux et songeaient même à avoir des enfants.

Un jour, par une grise matinée d'octobre, le couple entendit au loin un bruit qui s'approchait d'eux. La femme, affolée, se mit à chercher un endroit où se cacher tandis que l'homme sortait pour voir ce qui se passait. Il vit une camionnette grise conduite par une femme. Celle-ci immobilisa le véhicule à quelques mètres devant lui. Lorsqu'elle ouvrit la portière, la première chose qu'il vit furent ses chaussures à talons aiguilles. Il avait l'impression qu'elle posait volontairement les pieds exactement là où la jeune femme avait posé son visage dans le sable pour y laisser sa marque. Il voulait l'arrêter, mais il était déjà top tard. La femme, dans la mi-cinquantaine, tassée sur elle-même et plus ridée de corps que de visage, lui lança d'une façon nonchalante et un peu vulgaire :

— *Avec qui tu vis, ici ?*

L'homme lui répondit qu'il vivait seul. La femme, jetant un regard suspicieux sur la véranda, et apercevant une culotte féminine, rétorqua :

— *Je vois que tu as des culottes de femme, n'es-tu pas de ceux... ?*

Pendant qu'elle riait, l'homme changea de ton et, d'une voix fâchée, lui dit :

— *Par tous les diables, que viens-tu faire ici ?*

Puis, d'une voix rude, en s'avançant vers la maison, la femme répliqua :

— *Je suis venue chercher ce qui m'appartient. Je sais qu'elle est ici et je ne partirai pas sans elle.*

L'homme, stupéfait, pensa d'abord qu'elle devait être la mère de la jeune femme, mais il se rappela aussitôt que cette dernière lui avait dit qu'elle ne s'était jamais vraiment remise de la mort de sa mère.

La femme força le passage, entra brusquement dans la cabane et se mit à chercher quelque chose.

Par la porte de derrière, la jeune femme s'était échappée. L'homme souriait, satisfait de son coup. La visiteuse, furieuse, l'avertit que, si le lendemain la jeune femme n'était pas là, elle serait obligée de s'en prendre à lui. Elle sortit en claquant la porte.

La nuit tomba et la jeune femme n'était pas encore rentrée. Il se mit à sa recherche malgré l'obscurité de la nuit sans lune. Désespéré, il se mit à l'appeler par son nom : *Graciela ! Graciela !* Sur les rochers qui s'élevaient au-dessus de l'océan, il l'aperçut, ou plutôt il aperçut ses yeux, semblables à ceux des chats qui dans la nuit servent de phare aux spectres sans direction. Elle pleurait. Il la prit doucement dans ses bras. La jeune femme se mit à parler.

— Je ne suis pas celle que tu crois. Je n'ai pas fui ma famille, car je n'ai jamais eu de famille, du moins je ne m'en souviens plus. L'histoire commence toujours par un viol, puis la malchance survient. J'ai gagné un billet sans retour : celui du vol, de la violence et de la prostitution. Je suis une femme et je n'ai pas pu choisir autre chose... Si j'avais été un homme, j'aurais choisi l'armée. C'est un peu mieux... La femme qui est venue se nomme doña Piño. C'est la propriétaire du plus grand bordel des environs. Je suis à sa charge et je lui rapporte beaucoup d'argent. Elle reviendra sans doute... Je dois partir pour t'épargner ses représailles. Pardonne-moi, pardonne-moi...

L'homme tenta de la calmer, mais la jeune femme se recroquevillait de douleur. Dehors, il faisait sombre et, comme il ne voyait rien, l'homme se mit à penser que tout cela n'était qu'un mauvais rêve. Son bonheur ne pouvait pas s'arrêter ainsi, il l'avait mérité et longtemps attendu. Il allait sûrement se réveiller, sentir sur son corps la brise matinale et son haleine qui lui caressait l'oreille. Et pourtant, tout était réel. Il se mit à chercher un moyen de sauver son bonheur. Il ne pouvait pas s'enfuir, cette plage était son ultime refuge. Il ne pouvait aller nulle part. Tout ce qu'il avait à lui proposer, c'était une fuite vers la haute mer ; cependant, avec leur petite barque de pêcheur, ils n'iraient pas loin. Désespéré, il la supplia de s'enfuir quelque part avec lui, il ne pouvait pas la laisser partir comme ça.

Ils restèrent enlacés toute la nuit. À l'aube, il ferma les yeux quelques courtes minutes et, à son réveil, la jeune femme n'était plus là. Dévasté, il passa toute la journée face à l'effrayant infini de l'océan. Il regarda les coquillages et les algues autour de lui. Ils lui donnaient l'impression de vouloir remonter à la surface. Fatigués des tourmentes du néant, ils aspiraient eux aussi à profiter de la douce journée ensoleillée... Aussitôt ces pensées formulées, l'eau se mit à s'agiter et elle balaya d'un seul coup tout ce qui se trouvait sur la plage, comme si elle voulait lui donner une leçon en lui montrant que ce qui lui appartenait lui appartenait à jamais, lui y compris.

La nuit tomba. Comment pouvait-il dormir? Il monta dans sa barque et décida d'avancer vers les yeux de l'océan. La lune n'était toujours pas là, mais il savait que l'électrique couleur turquoise des yeux allait le guider et lui servir de phare. Il les retrouva à la même place, le bleu envoûtant de ces yeux était tout ce qui lui restait d'elle. Malgré la nuit sombre et sans étoiles, ils brillaient d'une lumière resplendissante. Longtemps, il regarda le bleu de ces yeux, il s'imagina qu'ils étaient ceux de l'aimée puis, avant de plonger, un vers de Swinburne lui traversa l'esprit:

Je retournerai vers la grande et douce mère,
Mère et amante des hommes, la mer.
Je retournerai vers elle, moi et aucun autre.
Tout contre elle, l'embrasserai et me fondrai en elle.

LES ÉCHOS DE YEMAYA

❖

Soledad était son premier prénom, mais comme tous les hispanophones, elle en avait encore trois ou quatre autres accrochés à son identité, comme si c'était la seule façon de consolider son passage sur la terre. Ce jour-là, elle n'avait aucune envie de prendre des photos montrant au premier plan la transparence de la chair blanche et veineuse des touristes, maintenant brûlée par le soleil comme la peau d'un fruit trop séché. L'idée d'immortaliser les gigantesques palmiers aux mouvements paresseux devant lesquels titubait la mer turquoise et émeraude des Caraïbes ne l'intéressait pas davantage. Une seule chose l'occupait ; si seulement on lui en laissait la chance, elle jurait qu'elle rendrait immortelle cette rencontre si attendue.

Comment le trouver ? Où chercher ? Qui demander ? Elle était ici pour des raisons différentes de celles de ces touristes insouciants qui voyageaient à ses côtés, par moments hébétés, et qui savaient à peine le nom du pays dans lequel ils se trouvaient. Elle voulait remonter la trace de cette rencontre hasardeuse, brève et fugace, qui aurait pu ne jamais arriver, mais qui pourtant était le point de départ de sa propre existence. Elle avait un père, mais elle ne l'avait encore jamais vu. Contrairement à ce que l'on pourrait croire, c'était sa mère qui avait réussi à atténuer le mythe légendaire qu'on associe souvent aux hommes des pays chauds : irrésistibles coureurs de jupon et irresponsables. Nostalgique des grands espaces canadiens, des durs hivers de force et de la solitude, c'était plutôt la mère qui avait décidé, en ce lointain automne 1979, sans aucun avertissement d'ailleurs et avec pour seul souvenir un embonpoint, de quitter l'île pour toujours.

Il faut dire que la couleur de sa peau, un brun cacao, s'intégrait parfaitement dans la mosaïque des visages qu'elle croisait dans cette ville qui, au premier contact, la dégoûtait. Elle la trouvait sale et nauséabonde, vulgaire et éparpillée sur un coussin érotique. Son cœur tressaillait d'angoisse et d'inquiétude devant l'immense tâche qui l'attendait. Pourtant, à tous les coins de rue, elle découvrait de somptueuses villas, agrémentées de magnifiques jardins intérieurs, gardiens de quelque secret centenaire. Jadis, ces demeures avaient sûrement abrité des personnages dignes d'un roman d'époque à la recherche de leurs ancêtres d'outre-mer...

Pour des raisons qui lui échappaient, sa mère s'était toujours montrée laconique à l'égard de celui qui l'avait conçue, économisant le moindre mot à son sujet. Tout ce que Soledad savait de lui, c'était qu'il venait de la ville de Trinidad, qu'il s'appelait José Inès Caprio de Avila, qu'il était peintre de profession et qu'il aimait la musique... Rien de plus. Ce manque d'informations la bloquait à La Havane, car elle ne savait pas par où commencer. Pourtant, elle savait aussi qu'il lui fallait continuer. Dans un autocar russe des années 80, où un orchestre vagabond accompagnait le trajet, elle fit connaissance avec une musique riche en rythmes et en percussions, à la fois amèrement sensuelle et enchantée, et qui chassait sur les visages les marques laissées par la dureté du quotidien.

La ville de Trinidad avait quelque chose d'authentique : partout, même s'il n'était pas immédiatement visible, on pressentait l'omniprésence bleue et insistante de l'océan qui murmurait quelque chose au loin. Dès son arrivée, son premier geste fut de se renseigner sur le nom de famille de son père. Caprio de Avila ? La négresse derrière le comptoir de la vieille mairie connaissait bien ce nom, puisque sa grand-mère faisait partie de cette famille, mais après un mariage avec les Cabezas... La saga familiale de cette employée qui passait la majeure partie de son temps à bâiller sous le portrait du Che n'intéressait pas Soledad. La femme, en bonne bureaucrate, la référa à un supérieur dont le bureau, apparemment, se trouvait dans la maison d'en face. Alors qu'elle se demandait si elle devait ou non suivre les directives de cette femme, elle aperçut à la porte de la maison une silhouette noire, vêtue d'un habit blanc immaculé, qui semblait l'attendre. L'homme s'approcha d'elle. Il s'appelait Ramon Rodriguez mais, amicalement, il lui suggéra de l'appeler *R-la-Crevette*. Il lui expliqua que Santero, le prêtre-culte de la Santeria, lui avait ordonné de consulter les dieux avant de la laisser entrer. Consulter les dieux ? Elle avait l'impression d'être à la mauvaise place et voulut tourner les talons. Mais dans l'air se répandait un rythme endiablé de tambours provenant de la maison et qui, étrangement, ressemblait à ce rythme enchanté qui l'avait accompagnée dans l'autocar de La Havane jusqu'à Trinidad. R-la-Crevette enfonça les mains dans ses poches, d'où il sortit quatre magnifiques coquillages. Il les jeta par terre puis, attentivement, il observa leur disposition. Au bout de quelques minutes et après les avoir minutieusement examinés, il l'autorisa à entrer, car la réponse des Orishas était positive. Les Orishas ? Les coquillages ? Les dieux ? Que signifiait tout cela ? Quelle langue parlait cet étrange personnage et pourquoi la matrone de la mairie l'avait-elle envoyée là ? S'était-elle trompée ? Sûrement, se disait Soledad. Tout lui semblait ridicule et de mauvais goût, dans ce pays. Elle avait l'impression de s'être trompée de destination. Tout était si irréel ! En franchissant le seuil, elle eut l'impression d'être une princesse perdue dans un château de sable, construit à une autre époque, à l'aide de techniques qu'elle ne connaissait pas. *Ne pas juger, ne pas comparer, aimer seulement...* Elle ne savait pas d'où lui venaient ces paroles trop bibliques à son goût. Quoi qu'il en soit, elle se disait que son père ne pouvait pas être originaire de cet endroit plus proche du rêve que de la réalité. Car il était ce que Soledad avait de plus réel.

Dans la pièce fraîchement repeinte, elle découvrit des femmes habillées en bleu. Elles tenaient dans leurs mains des éventails décorés de miroirs, de coquillages, et de perles bleues et blanches ; elles ressemblaient à ces prêtresses que l'on vénérait dans les temples anciens avant la venue d'un Dieu mâle et unique. Elles dansaient en rond. Une ondulation partait de leur dos, se répandait sur leurs bras puis descendait jusqu'aux pieds, où une apparente monotonie des pas cachait une vraie richesse de mouvements. Alors que la vue des autels ensanglantés par les sacrifices d'animaux couverts de plumes d'oiseau l'étourdissait, R-la-Crevette essayait de lui expliquer discrètement qu'il s'agissait d'un culte rendu à la divinité Yemaya, déesse de la mer, avec qui le nouvel initié, à travers Santero, essayait d'établir le contact. Ses bras entouraient sa taille et, brusquement, il l'attira vers lui et l'incita à faire partie de cette danse qui, accompagnée par le roulement des tambours affolés, ressemblait de plus en plus à une transe. La peur la prit et elle chercha désespérément la sortie. Au milieu du mouvement qui l'enveloppait et qui devenait de plus en plus rapide et enivrant, sa tête tournait, et déjà elle n'était plus sûre si c'était la chaleur, la peur ou la transe qui lui avait fait perdre le contrôle.

Assise sur une chaise en bois, elle revint peu à peu à elle. Quelques-uns la regardaient, d'autres semblaient en vouloir à R-la-Crevette de l'avoir laissée entrer. Les visages, tout à l'heure envoûtés par la musique et comme coupés de la réalité, n'étaient plus illuminés. À cause de la présence inattendue de la visiteuse, Santero n'avait pas réussi à entrer en contact avec Yemaya, la déesse de toutes les mers et de tous les océans. Soledad était désolée pour le néophyte dont les yeux remplis de haine et de tristesse montraient qu'il venait de rater le train de sa vie. Elle profita toutefois de ce repos amer pour s'évader.

Depuis longtemps déjà, le crépuscule avait revêtu son manteau nocturne, et dans l'air se répandait une douce brise estivale. Elle ne savait plus comment retourner vers le vieux presbytère où elle logeait. Alors qu'elle essayait de retrouver son chemin, elle entendit soudain comme des échos unis, une sorte de mélodie lointaine, un chant doux et calme, semblable au chant des sirènes. D'où pouvaient provenir ces énigmatiques échos ? Elle ne percevait derrière elle que la ville endormie et, en face, que l'immensité de la surface fluide, ornée de reflets argentés par une lune à moitié pleine. Le vent perturbait le mouvement ondulé et pointu des vagues écumeuses. Soledad se disait que c'était peut-être lui qui, en grattant doucement les vagues, produisait ce chant. Qui sait? Tout semblait possible dans ce pays qui lui était soudainement devenu hostile, comme si la nuit avait mis entre elle et le monde un voile de peur et de mépris.

Le lendemain, avant même de poursuivre sa recherche sans indices, elle décida d'aller parler au port afin de percer le mystère des échos qu'elle avait entendus la veille. Sur les rochers, en train de discuter avec les pêcheurs, elle reconnut Santero, le prêtre de la veille qui semblait si hostile à sa présence. Il se dirigea vers elle et l'invita à s'asseoir à ses côtés, face à la mer. «As-tu aimé les échos, hier soir?» lui demanda-t-il. Les échos? Les avait-il donc entendus, lui aussi? Le prêtre se mit à jeter toutes sortes d'objets dans l'eau. Plus il y en avait, plus le vent se levait et il semblait reproduire l'ensorcelante mélodie qu'elle avait entendue la veille. Les parfums en bouteille de cristal, les colliers de perles colorées, les peignes et les fleurs flottaient sur la surface tourmentée de la mer. Elle était intriguée par sa présence et par le fait que tous les deux semblaient avoir entendu la même musique. Cette soudaine proximité la dérangeait, d'autant plus que quelques heures plus tôt, il s'opposait à sa présence peu souhaitable. Mais l'humeur des gens change vite. Le mystérieux pays de son père était aux antipodes de celui de sa mère. Cette soudaine familiarité la dérangeait et, pour la première fois, elle avait l'impression de comprendre pourquoi sa mère avait décidé de lever l'ancre.

L'horizon nu s'offrait à leurs yeux et là-bas, au loin, près de l'infini, Santero se mit à fixer un point qu'il ne quitta plus des yeux. Ne faisant plus attention à rien ni à personne, il lui raconta, dans un espagnol enchanté, le récit de ses origines qui auraient pu, d'après la couleur de sa peau, être le sien aussi.

— *Comme la plupart des nègres de ce pays, je suis d'origine africaine. J'appartiens au peuple des Yoroubas, la nation qui peuplait les zones humides du sud-ouest du Nigeria et du Dahomey. Christophe Colomb a découvert Cuba le 28 octobre 1492 ; peu après, l'île souffrait déjà d'une pénurie de main-d'œuvre. C'est justement les Yoroubas, mes ancêtres, qui ont été forcés de venir peupler la côte jusqu'au Brésil. L'éternel fil paisible de ce peuple aux cultes animistes les plus divers a été coupé subitement par les ciseaux de l'homme blanc. Il vint forcer ces gens à quitter tout ce qui les rattachait à cette terre, faisant d'eux ce que le pire de leur oracle n'avait jamais pu prédire : de purs esclaves ! L'ultime liberté de ces gens, longtemps déracinés et exploités dans les champs de canne à sucre, fut alors de sauvegarder, par leur culte* animiste des Orishas, leurs dieux africains qui étaient le sens même de leur existence et de leur dignité.

Santero se tourna vers elle puis, comme s'il sentait qu'elle était troublée et surprise, il s'arrêta brusquement et lui proposa une autre rencontre pour le lendemain. Il la quitta aussi brusquement qu'il l'avait abordée. Mais qu'y avait-il dans le regard de cet homme pour qu'elle ait envie de revenir ? Tout ce cérémonial auquel elle avait assisté la veille ne lui faisait-il pas plutôt perdre son temps ? Elle se mit à analyser son attirance pour le vieillard. Il était mystérieux et son œil l'attirait. Savait-il secrètement qui elle était ? Mais ce qui l'attirait le plus, c'était son espagnol. Sa langue était mielleuse et enchanteresse. Elle avait un rythme propre, fort différent de l'espagnol que sa mère lui avait appris. Sa langue était habitée par des mots africains qui se glissaient comme des fantômes dans la langue de Colomb. De temps à autre, elle entendait des mots comme ceux-ci : *Soku taniwo awa asesu ewima sele elomide.* C'étaient des mots suaves et rassurants, même si elle n'en connaissait pas la signification.

Après une nuit sans sommeil, elle se présenta au rendez-vous quelques heures en avance. Elle avait choisi d'attendre le prêtre sur le même rocher. Mille et une questions lui passaient par la tête. Pourquoi le hasard l'avait-il emmenée sur le chemin de ces esclaves, probablement ses ancêtres les plus lointains, et non pas sur les traces de son père, qui aurait aussi bien pu être ce pêcheur dans sa barque à quelques mètres d'elle, le concierge du vieux presbytère où elle logeait, le chauffeur de l'autocar qui l'avait conduite à Trinidad, enfin n'importe quel inconnu... L'arrivée de Santero interrompit ses réflexions. Comme s'ils ne s'étaient jamais quittés, il continua à raconter sa saga ancestrale.

— *C'est au dix-neuvième siècle que les autorités catholiques de Cuba décidèrent d'interdire à jamais la pratique de la religion yorouba et d'exhiber publiquement les portraits des Orishas. La seule chose qu'il restait à faire, c'était de masquer et de remplacer les portraits des Orishas par les pieuses images des saints catholiques. Ainsi Yemaya, la déesse de la mer, devint la Vierge de la Grâce. Ce qui n'était d'abord qu'un déguisement destiné à tromper l'oppresseur constitua la première étape vers le syncrétisme religieux. C'est ainsi que les divinités africaines furent mises en correspondance avec les saints chrétiens et que naquit la Santeria, religion toujours omniprésente sur l'île.*

Santero se tourna vers elle et lui dit : « *Tu m'entends ? Omniprésente ! Il n'y a pas un seul homme sur cette terre qui croit au hasard et qui ose mettre tous ses œufs dans le même panier !* »

Alors qu'elle essayait de saisir le sens de ces dernières paroles, la voix de Santero s'intensifia soudain et, comme un volcan qui s'éveille, il se mit à expliquer que rien n'avait encore réussi à soumettre ou à faire disparaître les dieux d'Afrique! Il se tourna brusquement vers elle et lui dit: «Regarde! La preuve!» Il jeta sa dernière bouteille de parfum dans l'eau et des échos magnifiques, au ton triste et nostalgique, se mirent à résonner sur la surface calme et argentée de l'océan. Selon le prêtre, c'était Yemaya, la déesse et la reine des profondeurs bleues, qui le remerciait pour ses offrandes. Il sortit une petite bouteille de rhum de sa poche, prit une longue gorgée puis, brusquement, il recracha l'alcool par terre en disant: «*Por los Santos y por los Dios!*» Un autre rendez-vous fut fixé pour le lendemain, mais cette fois-ci, dans la maison même du prêtre, au numéro 30-B de la rue Felix Pena, non loin du centreville. Il répéta à deux reprises: «À demain, donc», comme s'il voulait s'assurer qu'elle viendrait. Puis, à l'instar d'un fantôme dans la nuit, il disparut derrière la façade coloniale de la vieille cathédrale habitée par les vents.

Elle avait l'impression de suivre une fausse piste, car elle était convaincue que son père n'était pas un homme religieux. Elle l'imaginait fort, tellement fort qu'il n'avait aucun besoin de transcendance. Mais ce qui l'intriguait le plus, c'était le fait qu'elle en soit venue à connaître l'histoire tragique de ses ancêtres avant même de connaître celle de son père. Pourquoi? Une phrase de Proust lui passa par la tête. Dans *Le côté de Guermantes*, il suggérait que le passé n'était pas seulement fugace, mais qu'il restait sur place. Elle espérait à son tour rencontrer bientôt le passé, son passé à elle, son enfance déchirée qu'elle n'avait pas encore vécue, son père, et les moments magiques que la vie lui réservait à ses côtés et qui, à l'image des madeleines de Proust, s'installeraient pour toujours dans sa mémoire si affamée d'eux...

Au fond d'une ruelle délabrée de Trinidad, dans sa maison à l'écart des bruits et littéralement transformée en église, Santero s'adressait à Dieu à sa façon et s'activait aux préparatifs de la célébration en attendant l'arrivée des fidèles. Après avoir gratifié Soledad d'une courte visite de la maison sanctuaire, Santero lui demanda de rester pour la prochaine initiation qui aurait lieu dans quelques heures. Mais à quoi bon? Elle devinait ou croyait deviner les intentions du prêtre: non, elle n'était pas prête à faire ce saut ontologique et à embrasser la Santeria. Sans donner trop d'explications, elle quitta la maison du vieillard, qui en resta stupéfait. À mesure qu'elle s'éloignait, cependant, un sentiment d'amertume l'envahissait. Elle avait l'impression d'avoir perdu inutilement du temps. Elle aurait sans doute mieux fait de vagabonder au hasard de maison en maison, demandant si quelqu'un connaissait son père. Au moins, elle aurait eu l'impression d'avoir fait quelque chose qui, elle le croyait, aurait davantage ressemblé à son père. Tout lui parut soudainement insensé, sa quête, sa visite au pays, sa vie même. Étrangement, l'unique chose qui lui semblait absolument vraie et nécessaire à ce moment-là, c'était la surface fluide qui s'étalait devant ses yeux. La mer lui paraissait taciturne, éternelle et belle. Elle voulut faire partie d'elle, se fondre en elle au point de perdre toute forme, au point de n'être qu'une entité bleue sans limites.

Sans vraiment savoir où elle allait, elle commença à marcher au bord de la jetée, le long de la promenade qui donnait sur la mer. Une chose attira son attention : tous les trois mètres environ, une plaque argentée, fixée sur une colonne de béton, était placée face à la mer. Elle constata que des milliers de noms y étaient gravés, avec une date à côté : 1994. Elle s'arrêtait à chaque plaquette et lisait, intriguée, tous ces noms. Que pouvait bien signifier tout cela ? Soudainement, elle sursauta lorsqu'elle aperçut sur une plaque un peu rouillée le nom de son père : il était inscrit *José Inès Caprio de Avila : 1994*. Son cœur se mit à battre vite, très vite. Un sourire se dessina sur ses lèvres. Elle l'avait trouvé ! Elle était fière d'elle-même et de lui aussi, car elle se disait que cette date relativement récente devait souligner un exploit, une contribution glorieuse à la société, qui avait décidé de le récompenser en imprimant son nom face à la mer. Elle prit le chemin de la mairie, qui s'apprêtait à fermer ses portes le temps de la sieste. À l'intérieur, la négresse molle qui lui avait répondu le premier jour n'était pas là. À la place, une vieille courbée, presque centenaire, savourait un grand cigare dont la fumée voilait son regard. Les questions semblaient la déranger, mais après un moment de silence, elle lui apprit dans un espagnol à peine compréhensible que les noms qui figuraient sur les plaquettes argentées étaient ceux des *cazadores de azar** ou des *balseros* et que, pour cette raison, le peuple, en guise de vénération et de respect, leur avait dédié ces tablettes face à leur tombe. À leur tombe ? Un frisson traversa tout son être. Elle resta figée devant la vieille femme, qui se mit à lui expliquer le cruel destin de ces gens qui font, hélas, trop confiance au hasard :

— *Il n'y a pas une seule conscience sur cette île qui oubliera un jour le triste été de 1994. Cela fait presque cent ans que j'habite mon île et jamais je n'ai songé à la quitter. Mais les jeunes sont plus avides, ils sont à la recherche d'idéaux qui n'existent pas... Pour revenir à mon histoire, l'été de 1994 a été une tragédie. Plusieurs centaines de personnes, après avoir offert leur prière à la déesse et propriétaire de la mer, Yemaya — cette dernière étant censée protéger ses fidèles — se lancèrent en mer à bord de radeaux de fortune en direction de la Floride. Ma fille... inutile de te dire qu'ils périrent tous sous le regard indifférent de*

---

* Chasseurs du hasard.

leur divinité. Parfois, c'est la volonté imprévisible des gardes américains, parfois c'est l'humeur de l'océan et du ciel qui décide quels bateaux vont périr en pleine mer et lesquels vont rejoindre les côtes de la Floride... Florida... Cette terre d'espoir vers laquelle tendent toutes ces âmes dont il ne reste bien souvent, après la tentation de la traversée, que cette minuscule inscription argentée, figée comme un sphinx face à la mer...

Elle quitta la vieille femme en pleurs et aperçut sur les rochers Santero, qui semblait l'attendre. Elle se jeta dans ses bras et lui demanda de tout lui expliquer.

— Il n'y a rien à expliquer. José Inès Caprio de Avila, nommé Rocio, était bel et bien ton père. Je le connaissais bien. C'était un homme plein de joie, qui aimait beaucoup la vie. J'avais un ami proche, qui est décédé il y a quelques années. Il s'appelait Yoyo-Jobiaba. C'était le père de José Inès, et donc ton grand-père. Yoyo-Jobiaba avait baptisé son fils selon la vénérée déesse africaine de la mer Yemaya. José Inès, même s'il portait sur lui les objets fétiches et représentatifs de la divinité en question, n'accordait pas beaucoup d'importance à ces fabulations, jusqu'au jour où il reçut un télégramme d'une de ses fugaces rencontres qui l'avait quitté longtemps auparavant sans rien lui dire. Elle lui annonçait depuis le Québec l'arrivée au monde d'une fille, sa fille, nommée Soledad Maya. Maya était son deuxième nom. C'est ainsi qu'il apprit que cette Québécoise aux yeux bleus, qui l'avait séduit par son apparente froideur et qui ne connaissait rien de la religion de ses ancêtres, encore moins de sa divinité protectrice, avait donné à l'enfant, par pur hasard, un prénom hélas trop similaire à celui de sa divinité. Ce jour-là, je me souviens encore très bien, il est venu me voir en courant. Il disait: «Compadre, comment ne pas voir une ressemblance entre Maya et Yemaya ?» Il avait, pour la première fois dans sa vie, reconnu dans cette coïncidence la trace du destin et, désespérément, il s'était mis à faire des plans pour quitter l'île en vue de te retrouver. À l'époque où ta mère lui avait envoyé ce télégramme, tu avais quatorze ans et, à ses yeux, c'était l'âge où tu avais le plus besoin de lui. Il voulait à tout prix te voir, être à tes côtés, te connaître, t'aimer, te protéger. Mais la tâche s'avéra impossible, d'autant plus que ta mère, revenue une fois en vacances et probablement à la recherche d'aventures, a ri de bon cœur quand José Inès lui parla de la nécessité de te faire venir sur l'île, de te faire connaître tes ancêtres et leurs croyances, de te familiariser avec Yemaya, la déesse de toutes les mers et de tous les océans. En revanche, ta mère parlait de son pays libre, de la Révolution tranquille, de la panoplie des croyances qui, dans les supermarchés du sens, s'offraient à toi. La liberté, enfin ! Pourquoi alors enfermer la petite dans un monde fétichiste et religieusement sévère ? Il n'en était pas question ! disait ta mère. Oui, la liberté, mais à quel prix ? rétorquait José Inès. Ce fut un réel dialogue de sourds.

Cherchant désespérément à te rejoindre, ton père avait épuisé toutes les possibilités légales et illégales. Il n'était pas, comme d'autres, inspiré par la haine du régime, ni par l'envie d'une vie matériellement plus décente, qui s'offrait juste derrière la frontière liquide de l'Oncle Sam. Son unique but était de sortir du pays pour rejoindre celle qui appartenait à cette terre, car une des plus anciennes croyances africaines dit que l'enfant n'appartient pas à la terre où il est né, mais plutôt à celle où il a été conçu. Le risque était énorme. De la centaine de tentatives qui se font chaque mois, seulement quelques rares réussissent. Le succès dépend du hasard. Dans cette démarche risquée, il lui fallait l'appui de la compagne la plus fidèle des Grecs : la certitude. Mais comment être certain de réussir la traversée, cette manœuvre périlleuse qui ne dépendait pas uniquement de l'océan, mais également de la bonne volonté de ceux qui prétendent défendre leur frontière invisible ?

La formule gagnante était alors d'envisager toutes les possibilités. Ici, il ne faut jamais mettre tous les œufs dans un seul panier. La première possibilité : l'heureux passage de l'autre côté, le voyage vers le Canada, les retrouvailles avec sa fille, une vie sereine et heureuse auprès de celle qui a donné un sens à son existence et qui portait malgré elle le nom le plus sacré. Deuxième possibilité : dans l'éventualité du naufrage et de la mort, il n'en sortirait que gagnant, puisque son corps servirait de sacrifice à la mer, à Yemaya. Il s'unirait à elle, il serait le martyr dans son sanctuaire bleu et infini. Cette double espérance était le message de nos ancêtres souffrants, qui avaient dissimulé leurs dieux derrière l'image des saints catholiques. Ne pas mettre tous ses œufs dans le même panier, c'est s'assurer de gagner la bataille de toutes les façons. C'est aussi avoir la certitude que même au milieu du péril et du naufrage, ce n'est pas le néant qui gagne. C'est la mer. C'est toujours la mer. Nous venons d'elle et nous lui revenons. Tôt ou tard.

Le jour du départ, il avait décidé, pour la première fois de sa vie, d'assister au grand rituel consacré à Yemaya. Même les non-croyants étaient là. Tout le monde avait besoin de la protection de la mer pour réussir la traversée périlleuse.

C'était vain. Et même aujourd'hui, je ne sais pas ce que j'ai fait de travers, quelle herbe j'avais oubliée, quelle ode je n'ai pas chantée, quelle prière j'ai omise pour fâcher Yemaya à ce point. Ce fut la seule fois de toute ma vie qu'elle refusa d'entendre mes prières. Ils périrent jusqu'au dernier, *en ce triste été de 1994. Je t'avoue que je me sens encore coupable. J'aurais dû les détourner de leurs desseins.*

Le vieil homme s'était courbé de tristesse, et de grosses larmes coulaient sur son visage ridé. Maya aussi, la tête appuyée sur son épaule osseuse, pleurait. Elle était triste, mais en même temps, elle était fière de son père. Cette tentative de la joindre, sans jamais l'avoir vue, était à ses yeux le geste le plus héroïque. Son père était et resterait l'homme de sa vie. Son héros irremplaçable. Soudainement, elle comprit aussi pourquoi Santero avait commencé par lui raconter le triste passé de ses ancêtres avant d'en venir au présent, car il savait que sans lui raconter le passé, le présent n'aurait aucun poids. Il savait que si elle n'était pas initiée à l'expérience religieuse de ce peuple qui était aussi le sien, elle n'aurait jamais pu comprendre l'ampleur du geste de son père. Autrement, comment aurait-elle reçu ce désir de lui transmettre une identité, un nom, une terre, une référence et surtout de la sauver de l'absurdité des produits spirituels vendus dans ces supermarchés de sens dont parlait sa mère ?

Elle comprit aussi que le fil de son incroyable recherche était la musique qui l'accompagnait partout, et que ces fabuleux échos qu'elle entendait n'étaient pas seulement la manifestation de Yemaya, mais bien plutôt celle de son père qui essayait, du fond des profondeurs océaniques, de lui manifester sa présence. Elle se souvint des questions qui la torturaient lors de cette matinée sur les rochers, pendant qu'elle attendait Santero. Elle avait pensé que n'importe lequel des hommes qu'elle voyait autour d'elle aurait pu être son père... Et pourtant, elle n'avait pas encore songé que ces surfaces profondes et éternellement bleues qu'elle contemplait auraient pu, elles aussi, être son père. José Inès avait offert son corps au sanctuaire bleu de sa divinité et désormais, il faisait partie d'elle. Désormais, il était l'océan. Ses yeux étaient ceux de l'océan. Les yeux de l'océan. Elle pensa encore aux madeleines de Proust et se dit qu'aucun goût n'allait réveiller un sentiment de nostalgie lié à son père. Elle ne le connaîtrait jamais, elle ne le prendrait jamais par la main pour se promener dans la vie à ses côtés. Avant de venir au pays pour le chercher, il était abstrait et lointain, comme une entité sans formes. Maintenant, elle l'avait retrouvé et pourtant, il n'avait pas de formes non plus. Soudain, elle comprit que ce serait plutôt à travers la vue et l'odorat que l'immense nappe bleue et salée viendrait la submerger pour lui rappeler l'existence d'un être jamais vu, mais tellement omniprésent et toujours disponible que le seul geste de poser son regard sur ce bleu paradisiaque lui rappellerait sa présence.

Elle se mit à parcourir l'océan du regard, et pendant que les magnifiques échos de Yemaya surgissaient des profondeurs, elle se dit que la seule façon de communiquer avec son père et de lui manifester son amour, c'était de veiller tous les jours sur cette surface illimitée, de lui murmurer de tendres mots d'amour puis de faire comme une déferlante qui, après avoir inondé la terre et les rochers, revient à jamais à l'océan qui lui a donné le souffle.

Table